LES RÉCITS D'ADRIEN ZOGRAFFI

Tome III

Présentation des haïdoucs

Panaït Istrati

Edition : Culturea (culurea.fr), 34 Hérault
Contact : infos@culturea.fr
Impression : BOD, Norderstedt (Allemagne)
ISBN : 9791041976379
Date de publication : juillet 2023
Mise en page et maquettage : https://reedsy.com/
Cet ouvrage a été composé avec la police Bauer Bodoni

La retraite du Vallon obscur

- Voici maintenant les haïdoucs, Adrien, dit Jérémie. Voici tout d'abord Floritchica, notre commandant, qui abandonna le diminutif et s'appela, pour plus de dignité féminine :

FLOAREA CODRILOR

capitaine de haïdoucs

- Vous voulez mettre sur mes épaules de femme le poids de la responsabilité, et sur ma tête, le prix de sa perte. J'accepte l'un et l'autre... Pour cela, nous devons nous connaître : vous me direz qui vous êtes. Je vais vous dire, moi, la première, qui je suis...

Elle ne nous dit rien pendant un long moment et se promena, la mine soucieuse.

À six semaines de la mort de Cosma, au lendemain de notre arrivée dans le *Vallon obscur,* et par cette matinée brumeuse de mi-octobre, les paroles du capitaine tombèrent, lourdes comme la chute de Cosma, comme la défection de la moitié de sa troupe - le vataf en tête -, lourdes, surtout, comme notre solitude dans le cœur de ces hautes montagnes peu connues et point fréquentées.

Les quatorze hommes qui avaient opté pour *la nouvelle vie* gisaient, enveloppés dans leurs *cojocs* fourrés, parmi les armes et les bagages encore en désordre, alors que les chevaux paissaient librement - heureuse quiétude animale. L'état-major (composé de : *Spilca,* le moine mystérieux ; *Movila,* le nouveau vataf ; Élie et moi) devait décider de cette « nouvelle vie ». Mais l'exigence brusque et inattendue de notre capitaine l'avait un peu surpris. Dix-huit paires d'yeux se braquèrent sur la femme au cœur ferme, riche d'expériences et prompte à l'initiative.

Coiffée du turban de cachemire, la chouba de renard jetée sur les épaules et très agile dans son large pantalon - chalvar -, elle arpentait fiévreusement l'intérieur de la *Grotte aux Ours* dont nous avions pris possession la veille - notre refuge pour l'hiver. Le vataf se leva et mit le *tchéaoun* pour préparer le café turc, luxe introduit par Floarea. Elle le considérait comme indispensable à la vie, fût-ce la vie sauvage.

Et soit pour rassembler ses idées, soit pour nous laisser le temps de rassembler les nôtres, elle se taisait, se promenait, et contemplait vaguement tantôt sa maigre troupe, tantôt les flancs du vallon engloutis par le brouillard. Sa longue figure était un peu pâle, ses yeux cernés, et ses lèvres, d'habitude pareilles à deux fraises jumelles, étaient brûlées de gerçures. Les hommes la suivaient d'un regard inquiet et respectueux à la fois : cet héritage de Cosma leur paraissait plein de mystère, de noblesse plus encore. On savait qu'elle avait beaucoup roulé par la terre et connaissait à fond le pays, aux bourreaux duquel elle avait déclaré une guerre intraitable et juste.

Cela plaît aux vaillants. Cependant : *femme.* Femme avec chalvars, c'est vrai, mais *femme.* Et jolie, par-dessus le marché. Que fera-t-elle de sa beauté dans ces montagnes d'ours ? Il était encore vrai qu'une fois Cosma mort, personne n'avait su monter son coursier mieux qu'elle, ni soutenir mieux la fatigue, les privations, ni se montrer plus viril dans les décisions. Devant le cadavre de son *unique* amant elle avait déclaré :

– Dorénavant je serai : *Floarea Codrilor,* l'amante de la forêt, l'amie de l'homme libre, justicière de l'injustice, avec votre aide.

Movila, le vataf, lui présenta la félidjane au café fumant et sa boîte à tabac, à la vue desquelles les prunelles noires s'embrasèrent. On lui installa un tabouret de fortune. Elle but et fuma. Et reprit sa dernière phrase :

Récit de Floarea Codrilor

Je vais vous dire, moi, la première, qui je suis :

Je suis une femme fausse, qui peut être sincère quand elle veut et quand le partenaire en vaut la peine. Je n'ai pas eu de père, ce qu'on nomme : *être venue des fleurs.* Ma mère, bergère depuis l'enfance jusqu'à la mort, n'a eu affaire, sa vie durant, qu'avec les champs, les vents, sa flûte, ses chiens, les brebis qu'elle gardait et leur gale qu'elle pourchassait. La gale à part - qu'elle devait souvent soigner sur ses propres mains –, tout le reste lui fut agréable. Hélas, la vie n'est pas faite rien que d'agréments. La pauvre femme subit également une épreuve, une seule, mais qui affecta toute sa vie : gamine, elle se creva un œil en s'amusant.

D'habitude, nous oublions nos infirmités, surtout celles qui nous surviennent durant l'enfance. Ma mère ne passa pas une journée sans se rappeler cet accident.

Elle ne pleura point, mais plus jamais ne rit de bon cœur par la suite. Ce qu'elle oublia, ce fut le monde, le monde qui n'a rien su ni de son chagrin ni de son compte avec la vie. Elle chercha et trouva sa consolation dans les êtres et les choses que j'ai dits plus haut.

Ce fut la paix jusqu'à l'âge de trente ans. Cependant, elle avait comme des troubles, des inquiétudes, des chaleurs. Pour se rafraîchir, ma mère jugea suffisant de se frotter le corps avec de la neige, l'hiver. L'été, elle se laissait rouler comme un tronc sur la pente d'une côte verdoyante. Mais ces pratiques ne faisaient que mieux enrager ses misères - quand, un jour, en se roulant, elle tomba sur un berger, ce fut le salut.

Le salut, mais pas le calme. Car ce diable de berger, avec « sa tête pareille à celle d'un mouton d'Astrakhan », avait, à l'exemple de ma mère, lui aussi une affliction. Non pas qu'il fût borgne ou manchot ; au contraire, très entier, trop entier, il avait besoin d'être le maître d'un harem, alors qu'il n'était que le gardien d'une bergerie. Bien mieux, son affliction grandissait par le fait qu'il était difficile, altier, méprisant dans ses choix. Ma mère, qui n'eut jamais besoin du bonjour de qui que ce fût, vécut en bonne camaraderie avec le gaillard jusqu'à un jour d'avril où, par la faute du printemps agressif, il se plaignit à « la borgne » du régime d'ascète auquel il se voyait réduit. « La borgne », tout en tricotant, questionna - en bonne copine, au courant des amours de son copain :

- Tu n'as donc plus Sultana, la fille du charron ?

- Si, mais elle a mal au ventre...

- Et Marie, dont tu raffolais ?

- Elle ne peut plus marcher...

- Essaie alors avec Catherine, qui te *mange des yeux*.

- Elle me *mange des yeux*... Mais elle ne se laisse pas manger : elle a peur...

- Pourtant, tu connais cette chanson étrangère qui dit que :

La femme est une chienne toujours prête à l'amour,

Et l'homme est une brute facile à exciter...

» ... Tu dois donc en trouver autant que le cœur t'en dira.

Le berger s'était fâché :

- Pourquoi suis-je « une brute » ? Parce que j'aime bien *ça* ? Et qu'est-ce qu'il faut aimer alors ? La gueule d'un brochet ? La peau d'un hérisson ? Voudrais-tu, peut-être, que je me promène, nu, dans les orties hautes jusqu'au menton ? Ou que je me frotte, comme toi, avec de la neige ? Ou risquer de m'enfoncer un bâton dans le ventre en me laissant rouler sur les pentes, comme toi encore, qui ne risques rien ?

Enfin, voici, d'après la narration que me fit ma mère, de quelle façon se passa l'heure émouvante qui suivit cette colère du berger à « la tête pareille à celle du mouton d'Astrakhan », car ce fut bien l'heure où « la cloche céleste » sonna le commencement de ma vie :

- J'avais trente ans moins deux semaines... J'étais venue au monde deux semaines avant le jour de saint Georges, dont la fête ne change jamais de jour, et nous étions justement dans la première semaine d'avril. Revenu de sa colère, Akime se mit à considérer longuement ma cheville et dit ensuite :

» - Je m'aperçois, Rada, que tu as une cheville de chèvre qui est, ma foi, bien belle : ne voudrais-tu pas me montrer ton genou ? S'il est aussi beau que la cheville, je t'épouse, Rada !...

» Quand Akime me dit cela, je me trouvais assise par terre et tricotais, alors qu'il se tenait debout, appuyé sur sa matraque. Je ne l'avais pas regardé en face trois fois en cinq ans, ni lui ni les autres humains, depuis que je n'avais plus qu'un œil ; mais en l'entendant me dire qu'il m'épouserait si j'avais un beau genou, oui, j'ai levé la tête, car je l'ai cru frappé de folie. Alors, je vis qu'Akime avait une jolie moustache noire et de beaux yeux d'étalon excité. Je ne l'ai regardé qu'un instant. On ne peut regarder cela longtemps. Mais ce peu fut assez pour me décider à lui montrer mon genou, en me disant en moi-même : « Maintenant, Rada, ma fille, c'en est fini de la neige et des roulades ; maintenant cela va être autre chose. » Toutefois, me sachant humiliée par mon affliction, je dis, pour l'enrager :

» – Oh, pauvre Akime... Si tu devais épouser toutes celles qui t'ont montré leur genou, il te faudrait une caserne.

» – Rada, je te jure que je t'épouse !... Que les loups mangent mes brebis si je ne t'épouse pas !...

» – Pas besoin de jurer, Akime : l'homme est obligé de tout promettre parce que la femme demande la lune dès qu'elle montre son genou. Mais, moi, je ne suis pas de ces femmes-là. Voici mon genou, Akime.

» Et je le lui découvris, sans regarder Akime en face, puis continuai à tricoter. Alors, Akime prit son lourd bonnet et le frappa sur le sol avec tant de force que, trop bourré de vent, le pauvre bonnet creva comme une vessie de porc. À l'instant même, je me sentis soulevée, la taille encerclée par un bras dur comme le bois. Je me laissai porter, mais dès qu'il me posa à terre, je pris la fuite, non pas pour lui échapper, mais pour l'enrager davantage, et lui faire oublier que j'étais borgne.

» Il l'oublia si bien qu'après avoir couru à travers champs et collines sans pouvoir m'attraper, il me lança son bâton dans les jambes et me fit tomber par sa faute. L'homme doit sortir toujours fautif, car si, avec son bras dur comme du bois, il avait encore la raison, que deviendrions-nous, nous autres femmes ? Si Akime n'avait pas été fautif ce soir-là, dans le petit parc d'ormeaux – quand les moutons bêlaient comme dans le désert et que les deux ânes semblaient étonnés de notre longue absence –, que serais-je devenue, moi, la pauvre Rada, avec ma Floritchica sur les bras, l'hiver suivant, avec mon mal de ventre, comme Sultana, la fille du charron, et ne pouvant pas plus marcher que Marie, dont raffolait Akime ?

» Aussi fut-il obligé de se débrouiller presque seul avec les deux troupeaux de brebis de nos maîtres, de faire le fromage, chercher le bois sec, préparer la mamaliga et le borche aux poissons, et même laver le linge dans du *zer* pour le préserver des poux.

» Mais, bientôt, le pauvre Akime en eut par-dessus la tête, et du travail, et de la femme malade. Moi, de mon côté, j'en avais également assez, et de mon lit, et d'un homme trop bien portant. C'est pourquoi, après deux années de ménage, il me dit un jour ce que je voulais moi-même lui dire :

» – Écoute, Rada : nous avons fait une mauvaise affaire. Je t'ai rendue malade et tu m'as rendu esclave, alors qu'il y a deux ans nous étions tous les deux mieux qu'aujourd'hui. Nous allons réparer notre faute. Voici : j'ai vingt brebis, toute ma fortune. Tu en as presque autant. Je te donne les miennes en guise de dot pour notre enfant, mais laisse-moi m'en aller « avec le Seigneur ». En agissant ainsi, la petite Floritchica aura bientôt une mère solide qui la soignera. Moi, je vais par le monde, chercher un autre maître. Et je te jure, Rada, que je ne demanderai plus aux femmes de me montrer leur genou ni ne jetterai mon bâton dans les jambes de celles qui se sauveront devant moi.

» Ainsi parla mon pauvre Akime. Et il m'embrassa. Il embrassa davantage son enfant, qui lui saisit la crinière avec sa menotte et le fit pleurer pour la première fois de sa vie. Après quoi, il s'en alla « avec le Seigneur » et je n'en entendis plus jamais parler.

Floarea Codrilor s'arrêta pour réprimer un étouffement. Dans ce début de récit, ainsi que par la suite, elle honora de son regard chacun des auditeurs, fût-il le plus humble des haïdoucs, mais c'est à moi plutôt qu'elle s'adressa comme si ses yeux voulaient me dire : Toi, Jérémie, fils de la forêt et mon fils, c'est toi qui es toute ma vie... C'est pour toi que je suis ici...

Les haïdoucs, respectueux de cette sincérité, écoutaient, silencieux. Spilca la dévorait avec une attention tendue, buvait ses paroles, tandis qu'Élie, toujours d'un calme imperturbable, lui offrait son visage d'apôtre dans une immobilité émue. Moins intelligent, plus simple d'esprit, mais aussi avide que nous de savoir, Movila le vataf la suivait avec intérêt, tout en entretenant un feu de branches.

Ma première passion, en ouvrant les yeux sur la vie, fut de courir voluptueusement la poitrine au vent. Cet ami de mon enfance n'a que deux seuls êtres qui se passionnent pour lui : l'homme libre et le chien. Ils furent mes amis les premiers. Mon homme libre était un gamin du village, de trois ans plus âgé que moi, réfractaire et farouche, mon maître dans l'initiation aux mystères de la liberté. Vous tomberez tous à la renverse quand je vous dirai qu'il est en ce moment le capitaine des haïdoucs qui règne dans les montagnes de Buzeu, à dix lieues de nous et sème l'épouvante parmi les lâches qui font les lois ; son nom est : *Groza !*

– Groza ! s'écrièrent les haïdoucs.

– Groza au cœur dur ? fit le vataf.

Pourquoi « au cœur dur » ? Parce qu'il a écorché vif un homme de sa bande et un gospodar ? Le haïdouc qui périt de cette façon était un traître, convaincu d'un crime qui avait failli coûter la vie à Groza. Quant au gospodar, ma foi, il ne l'a pas volé : allez seulement parler aux populations terrorisées par ce vampire ; vous verrez des femmes allumer des cierges et prier pour le salut du grand haïdouc.

Je l'ai connu enfant et adolescent. Il était farouche mais de cœur tendre. J'avais neuf ans, lui, douze, quand, un jour, comme je courais la poitrine contre le vent, le chien à mes côtés, il me rejoignit, me prit la main et me fit courir bien plus vite. En haut de la côte où nous nous arrêtâmes, essoufflés, le vent soulevait si indiscrètement ma jupe que j'en fus honteuse devant ce beau gamin. Mais, contrairement aux autres, il n'épiait pas mes jambes nues, il s'occupait de mon chien, et je cessai de me sentir gênée.

Je ne le connaissais pas, je ne l'avais jamais vu jusqu'à ce jour-là, et m'aperçus qu'il était propre, aussi propre que moi. Cela me fit plaisir, car je n'ai jamais pu supporter la crasse. Pieds nus, jambes nues, comme moi, mais lavés et seulement poussiéreux. Les mains, le cou, le visage fraîchement lavés. Culotte et chemise aussi nettes, quoique rapiécées. Tout cela me plut, ainsi que les yeux bleu franc.

Seule la couleur rousse de ses cheveux, cils et sourcils, ne fut pas à mon goût.

Lui, parut également satisfait de ma mise, pareille à la sienne, mais, pour s'en convaincre, son coup d'œil fut bref. Je fus curieuse de savoir d'où il était, et je le lui demandai.

– Du Palonnier, dit-il d'une voix presque mâle, sans me regarder, en caressant la tête de mon mâtin.

On appelait le Palonnier une trentaine de maisons éparses, situées à deux kilomètres de nous, sur la route départementale qui mène de Râmnic à Buzeu et se croise en cet endroit avec un chemin vicinal. Je n'étais jamais allée au Palonnier parce qu'on disait que les garçons de là-bas jetaient des pierres dans le dos des passants.

– Et comment t'appelles-tu ? Moi, on m'appelle : Floritchica.

– Ton nom est beau, fit-il, en se redressant et me regardant en face ; mais tu es aussi belle que ton nom. Le mien est : Groza... Et je serai un jour haïdouc.

– Qu'est-ce que ça veut dire : *haïdouc ?*

– Tu ne sais pas ? Eh bien, c'est l'homme qui ne supporte ni l'oppression ni les domestiques, vit dans la forêt, tue les gospodars cruels et protège le pauvre.

– Je ne les ai jamais vus, tes haïdoucs.

– Tu ne pourrais pas les voir... Ils sont traqués par les potéras...

– Et *potéra,* qu'est-ce que c'est ?

– Les potéraches, ce sont les ennemis des haïdoucs et de la liberté, l'armée qui défend les gospodars pour un salaire de Juda. Il y a trois ans, j'ai assisté à une bataille entre haïdoucs et postéraches, tout près de nous, dans le bois du Cerf. Les haïdoucs ont été battus. Moi, je ne serai jamais battu, quand je serai haïdouc. Mais tu ne diras à personne, même pas à ta mère, que je « tiens » pour les haïdoucs. Je ne l'ai pas dit à mes parents non plus. Et, bigre, il le faut bien : les parents, ce sont tous des bavards, et « les murs ont des oreilles ».

En disant cela, Groza fit un geste de mépris pour les murs et les parents. Alors, je vis qu'il tenait, enfilée dans la manche droite de sa chemise, une flûte. Je demandai :

– Tu joues de la flûte ?

– Si je joue de la flûte !... Mais cela non plus, tu ne le diras à personne.

– Pourquoi ? Ce n'est pas un péché de jouer de la flûte.

Groza me considéra un instant d'un air courroucé :

– Non. Jouer, ce n'est pas une impiété, mais le faire savoir à tous, c'en est une, et une grosse... pour qui aime la flûte.

– Tout le monde l'aime...

– Tu es bête, Floritchica. Le monde aime la flûte comme il aime le chien, pour le mettre en laisse, comme il aime le rossignol, pour le mettre en cage, la fleur, pour l'arracher de là où Dieu l'a fait croître, et la liberté, pour la tourner en esclavage. Si tout le monde aimait la flûte comme moi, il n'y aurait plus ni haïdoucs, ni potéraches, ni gospodars, mais seulement des frères. Et des frères, il n'y en a nulle part...

– Comment sais-tu tout cela, Groza ?

– Ah ! çà, tu es trop curieuse... Je te le dirai, à toi, car depuis le temps que je te surveille, je me suis aperçu que tu es comme moi, toi seule, dans les huit villages que je connais. Mais tu as besoin d'un daskal, et je serai ton daskal. Veux-tu que Groza soit ton daskal, Groza qui sera un jour haïdouc ?

– Oui, Groza, je le veux, sois mon daskal. Dis-moi comment tu as appris tout cela.

– Voici comment. J'ai un frère aîné, qui a l'âge de se marier, qui est gros et bête. Il joue de la flûte à la *hora* du village et fait danser les sots. Il a eu un chien, qu'il tenait enchaîné, un rossignol, qu'il avait mis en cage, et les deux pauvres bêtes sont mortes de chagrin. Alors, j'ai dit à mon frère aîné qu'il était un âne, un âne qui joue de la flûte. Pour lui avoir dit cela, j'ai reçu une claque si peu fraternelle que ma joue en devint une aubergine. Et il continua à jouer de la flûte pour faire danser les sots, mit en cage un autre rossignol et enchaîna un autre chien, mais je brisai la cage et jetai la chaîne dans le puits. Alors, je faillis être assommé : il ne fut plus un âne, mais un vrai potérache, et il le sera, à coup sûr. Moi je serai haïdouc, et alors je lui ferai « rendre le lait qu'il a sucé de sa mère ». Voilà.

Jusqu'au jour où je connus Groza, j'étais seule. Ma mère m'obligeait à passer mon enfance à broder, les yeux sur un canevas, chiffon épatant et misérable, qui dévore les plus belles années d'une jeune fille et qui, à son tour, est dévoré par les mites après avoir émerveillé deux générations d'ignorants. J'entrai en guerre avec ma mère et avec le village ; je passai pour une paresseuse.

Hé, quoi donc ? Mépriser le rayon de soleil qui dépose des taches d'argent sur la route forestière ? Ne jamais savoir de quelle façon un rossignol travaille à son nid ? Se priver de la caresse du vent qui gonfle la chemise ? Renoncer au murmure du ruisseau qui galope, tout content, vers la rivière ; enfin : rester sourd aux appels du printemps, annonçant la vie nouvelle, à ceux de l'été, gémissant sous le poids de l'abondance, oublier l'automne riche en mélancolie et vivre sans s'étourdir du deuil blanc de l'hiver ? Et pour quoi, ce renoncement total ?

Pour faire de longs essuie-mains en *borangic,* destinés aux pattes d'un mari qui te giflera le visage ; ou de beaux couvre-lits, tout de lin et dentelle, pour l'époux-ivrogne qui se jettera dessus avec ses bottes crottées ; ou encore, des tapis de laine, épais comme la main, pour « l'élu de ton âme », qui dégueulera son vin rouge et sa pastrama sur l'année de jeunesse que tu passas à tisser ce joyeux cadeau et à rêver dans l'attente de ce beau jour ? Ô séduisant espoir de toute pauvre enfant paysanne, je suis heureuse que tu n'aies pas été le mien ! Je me suis refusée à tenir mes yeux attachés sur la toile, pour le plaisir d'un songe que la vie démentait autour de moi.

Mes yeux, qui auraient dû larmoyer, penchés sur un *gherghef,* je les ai laissés se remplir de la lumière des champs où je conduisais mes brebis ; je les ai fait scruter le bleu des cieux, le fond des abîmes et le faîte des sapins ; et s'ils ont larmoyé, ce fut de la brutalité de mon premier amant : *le vent !*

Le vent ! le vent !

Force amie de l'homme libre !

Messager qui traverse les espaces avec ton fleuve de pureté ;

Que tu sois le zéphyr qui caresse le visage,

Ou la bise qui cingle les joues,

Ou que tu souffles en tempête pour nous prouver ton cœur ami,

Tu restes toujours la force amie de l'homme libre, qui unit les cœurs !

Le vent ! le vent ! Ami de l'homme :

Que ton passage soit riche en tendresse, parsemant des pétales en guise de baisers ;

Que tes élans sonnent la trompette, de toutes les colères, de toutes les joies,

C'est toi le messager de ma mélancolie, de mon soupir éperdu vers mon ami lointain.

C'est toi le porteur du cri de détresse, de la larme chaude, du rire retentissant !

C'est toi la force amie de l'homme libre,

Toi : le vent ! le vent !

– Sais-tu, me dit un jour Groza, après une course folle dans les champs, sais-tu que le vent a failli devenir autrefois le beau-père du rat ?

– Non, je ne sais pas !

– Oui, le vent fut à un doigt de donner sa jolie fille en mariage à l'animal le plus poltron de la terre, et n'y échappa que grâce à une réplique malicieuse.

» Le rat un jour est allé trouver le Soleil et lui a tenu ce langage :

» – Écoute, astre puissant ! Je suis la créature la plus malheureuse de la terre, éternellement traqué par les hommes, les chiens et les chats, jour et nuit sur le qui-vive, prêt à chaque instant à tomber dans une embûche, et me mourant de peur. Et quel est mon crime ? De ronger, parfois, à mes risques et périls, un épi de maïs, ou un fromage.

» – Cela, mon ami, c'est immoral ! fait le Soleil, qui n'aime pas les rats.

» – Avec ça ! s'écrie le prétendant. Ignores-tu que les maîtres du monde font la même chose ? Et encore, sans risque ni péril. Seulement, voilà, je me suis aperçu que, pour se mettre à l'abri de tout danger, ils épousent toujours la fille d'un puissant de la terre et se font protéger par leurs beaux-pères. Eh bien, je me suis décidé à faire comme eux, et je t'ai choisi toi, le plus puissant de tous : donne-moi ta fille en mariage et protège-moi. J'en ai assez de cette vie !

» Le Soleil, pris de panique, élude promptement :

» - Tu te trompes ! Ce n'est pas moi le plus puissant de l'univers !

» - Qui alors !

» - Le Nuage. Tu as bien vu : au beau milieu du midi, alors que mon désir serait de griller la terre, le Nuage me couvre la figure et je suis fichu. Va, mon ami, chez le Nuage. Demande-lui sa fille : c'est lui le plus puissant.

» Le rat met sa queue en l'air, file chez le Nuage, lui raconte sa peine :

» - C'est toi, le plus puissant ! Donne-moi donc ta fille.

» - Moi ? Moi, le plus puissant ? Tu veux te moquer de moi !

» - Pas du tout : le Soleil me l'a prouvé, et c'est bien vrai, tu l'obscurcis dès que tu le veux !

» - Je l'obscurcis ? Pour combien de temps ? Le moindre vent, et il ne reste plus rien de moi. C'est le Vent, oui, qui est le plus puissant, sois-en sûr. D'ailleurs, dès que tu lui en parleras, il sera content, il est très vaniteux ; mais je te préviens qu'il est également fort instable dans ses sentiments. C'est un gaillard !

» - Si gaillard qu'il soit, il sera tout de même obligé de me donner sa fille.

» Et voilà le rat chez le Vent, lequel, justement, s'amusait à bercer sa fille dans un hamac. Il lui fait connaître ses peines et le but de sa visite :

» - Ne me prends pas pour un parvenu, conclut-il, je veux bien continuer à trotter pour gagner mon pain, mais je vois que, sans la protection d'un fort, mon existence deviendra impossible : tout le maïs, tout le fromage sont accaparés par les forts ; les faibles se mettent la ceinture.

» - Mais tu n'es pas le moins du monde un faible, s'écrie le Vent. Au contraire, tu es plus fort que moi !

» – Quoi ? fait le rat, très flatté.

» – Vois-tu cet écueil dans la mer ? Avant qu'il soit où tu le vois, il était accroché à cette montagne qui s'avance comme un cap. Il y a quelques milliers d'années, des seigneurs forts mais stupides se mirent à bâtir là-haut un château stupide et fort comme ses maîtres. La belle montagne fut dépouillée de son gibier, la mer désolée par ce repaire de pirates, et de hautes murailles enlaidirent le beau paysage. Tu sais que je n'aime pas les entraves à la liberté. J'aime courir et faire tout courir avec moi. Je me mis donc à souffler de toutes mes forces sur ce nid de rapaces. Ils étaient bien accrochés ! Ah ! les milliers d'années de peine que j'ai gaspillées à vouloir disperser cette vermine. De siècle en siècle, elle devenait plus nombreuse et plus arrogante ! Pas moyen : le rocher ne bronchait pas ; à peine, par-ci, par-là, un pan de mur s'écroulait-il qu'il était rétabli. Navré, époumoné, je me reposais un matin sur l'autre rive du détroit, quand, soudain, un fracas formidable me réveilla en sursaut ! La mer se leva comme une muraille et faillit m'engloutir ! C'était le rocher soutenant le nid des pirates qui avait dégringolé de lui-même ! De lui-même ? Pas du tout ! J'accourus, je furetai et je fus vexé de constater que ce que je n'avais pu faire, moi, en quelques milliers d'années, vous, les rats, vous l'aviez accompli en quelques générations. Tu comprends : ces seigneurs-là avaient entassé dans leurs caves toute l'abondance de la terre, et qui dit : *seigneurs* et *abondance,* dit : rats. C'est la même race. Et la race des rats-rats avait si bien fait son devoir pour disputer l'abondance aux rats-seigneurs, que le rocher, creusé par les uns pour nicher, par les autres pour dénicher, avait fini par s'écrouler !

» Voilà pourquoi je te disais tout à l'heure que tu es plus fort que moi ! Retourne-t'en donc, mon ami, épouse une fille de ta race, et sache que Dieu a si bien distribué la force parmi ses créatures, qu'avec un peu de modestie tout le monde pourrait s'en trouver satisfait !

Groza devint bientôt l'âme de mes jours, et j'eus la joie de m'apercevoir que j'étais son unique amie. C'est que nous nous rendions compte d'un fait qu'aucun enfant de la contrée ne remarquait, d'un fait inaperçu de nos aînés eux-mêmes : c'était la bassesse de cette vie paysanne, entièrement faite de travail esclave et de plaisirs mesquins. Aux époques des grands travaux d'été : se plier, depuis l'aube à la nuit, sur un champ dont la récolte allait, aux trois cinquièmes, remplir les greniers de notre maître ; de l'automne au printemps : se courbaturer sur le métier dont l'interminable tissu devenait un fruit défendu qu'il fallait toujours conserver pour l'avenir ; ou bien, passer de longues et ennuyeuses soirées à bavarder dans les *clacas,* tout en égrenant le maïs, en écossant les haricots, en cardant la laine chez un voisin ; en confectionnant le trousseau d'une amie sotte et fière de ses chiffons. Pour tous plaisirs, la hora bête du dimanche, où l'on s'ennuie au bout d'un quart d'heure de danse monotone ; ou bien l'entretien, à la fontaine, avec un amoureux qui parle de choses vagues avec un but précis.

Une aversion innée nous éloigna, Groza et moi, et de ces travaux et des plaisirs qui les récompensaient. Mais on ne s'écarte pas impunément de la vie imposée par la médiocrité. Dès que notre entente fut remarquée, nous devînmes la cible de toutes les railleries, l'objet de toutes les haines. Car on a beau ne pas gêner la médiocrité, s'effacer sur son passage, elle ne tolère point qui se distingue d'elle : elle ne s'accorde qu'avec elle-même, ne supporte que sa peau.

Hé ! mon Dieu ! Nous ne recommandions à personne de vivre notre vie, nous ne priions personne de nous faire des soirées de claca. Groza, à dix-sept ans, avait sa charrette et son cheval, gagnés à la sueur de son front. C'était, en ce temps-là, l'instrument qui délivrait l'homme du travail mercenaire et lui donnait une apparence de liberté. Mon ami portait, deux fois par semaine, au marché de Buzeu, le produit de notre travail commun : laine, fromage, agneaux, blé, légumes, œufs, fruits, volaille, selon la saison.

Cette tendre solidarité entre deux enfants qui se refusaient de baiser la main d'un pope complice du boïar, ainsi que d'ôter la caciula au passage de tout valet de la « cour », fut considérée comme un crime non seulement par les intéressés, mais par ceux-là mêmes qui, étant serfs eux-mêmes, auraient dû suivre notre exemple. On nous accusa de concubinage précoce. Pourtant, quoique très développée pour mes quinze ans, je n'étais qu'une gamine, et Groza d'une pureté vraiment enfantine. Nos escapades dans les bois, nos longues absences du village, furent, pour les méchants, autant de subterfuges libertins.

Ce n'était qu'une belle existence créée de toutes pièces par nous-mêmes, une île ensoleillée au milieu d'un océan de ténèbres : ce furent les années où Groza m'apprit à jouer de la flûte et à goûter avec mon intelligence cette nature sauvage que je sentais seulement avec le cœur.

Quand, dans ces fourrés de bouleaux et de pins, ses doigts consentirent pour la première fois à moduler devant moi nos doïnas enchantées, il m'apparut comme un *Fât-Frumos* de légende. J'oubliai son blond fadasse, j'oubliai mon orgueil, je me roulai à ses pieds et je les embrassai.

Doï-na, doï-na, chant suave !

D'écouter ton harmonie

Qui pourrait se départir ?

Doï-na, doï-na, hymne de jeu !

À t'entendre dans nos plaines

Le cœur reste pétri d'amour !

Seigneur tout-puissant ! Je suis certaine que tu commenças ton œuvre et la réalisas en jouant de la flûte aux éléments amorphes ! Car, sous la poussée de ce fleuve d'éloges enchanteurs, pour peu que le mystère des ténèbres ait caché un rudiment de ton génie insurpassable, l'Univers qui sortit de tes mains devait fatalement ressembler à un chant miraculeux.

Ce fut également pendant ces années-là que j'appris à lire et à écrire le grec. Et c'est à Groza encore que je dus cette acquisition.

Il s'était instruit dans cette langue à l'insu du village et grâce à ses voyages à Buzeu.

– Veux-tu, me dit-il un jour, apprendre le grec ? Notre langue n'a pas d'écriture à elle. Pour pouvoir lire et écrire, il faut choisir entre le slave et le grec. Moi, j'ai appris le grec, et maintenant j'ai « quatre yeux ». Fais comme moi. Tu connaîtras des choses inouïes !

– Je le veux bien, mais où ? Comment ?

– Par le fameux chantre Joakime, de *l'Église d'un seul Bois,* à Buzeu. Il est mon ami, quoique les mauvaises langues l'accusent d'être un satyre. Je n'en crois rien, et tu n'en croiras rien non plus. Il est vrai que le chantre Joakime est un homme qui fait peur à voir et à entendre. Mais seuls les imbéciles n'ont pas en eux de quoi faire peur. D'ailleurs il reste victorieux et admiré malgré les médisances. Je lui parle de toi depuis longtemps ; il a accepté avec joie ; il sera content d'avoir une amie, car il est comme nous : il n'a pas d'amis.

Le dimanche suivant, beau jour de printemps, je montai dans la charrette de Groza. Il était fier de son cheval, belle bête, vraiment, et moi fière de Groza, qui conduisait en maître et se tenait immobile, comme un homme âgé.

Nous étions tous deux endimanchés ; lui : bottes vernies, chemise de borangic, *cojoc* fleuri et caciula *tzourcana ;* moi : robe blanche avec *fotas* brodées à la main, *illik* et pantoufles de velours chargées de dessins aux couleurs vives, tête nue. Nous étions beaux comme de jeunes mariés.

La nature qui s'ouvrit devant mes yeux sur ce parcours de sept lieues, inconnu de moi, me parut aussi belle que nous autres et, elle aussi, comme endimanchée. C'était mon premier long voyage et je ne cessais de m'extasier sur ces coteaux parés de vignes, ces forêts inconnues, ces rivières et ces ruisseaux, ces routes tortueuses et même ces oiseaux et ces bêtes, surgissant, choses et êtres, comme des séries de rideaux qu'une main invisible eût successivement levés à notre approche.

Je me tenais assise sur le coussin à côté de mon ami, qui se taisait. Mais lorsqu'il parla - sur le flanc d'une colline déserte -, ce fut pour implanter dans mon âme le germe de sa révolte innée, mûre, prête à éclore :

- Tout ce que tu vois et qui te plaît tant - dit-il en faisant tournoyer son fouet par-dessus nos têtes -, toute cette belle terre, large et longue, doit être à nous tous, car nous venons au monde nus, et elle s'offre à nous pour la travailler et jouir de ses fruits. Elle n'est pas à nous. Il faut qu'elle le soit. Nous devons l'arracher aux mains qui la détiennent sans la travailler. *Il le faut !*

C'est tout ce que Groza m'a jamais dit de la servitude de la terre sous les gospodars. J'ai alors compris qu'il serait un haïdouc un jour, car les haïdoucs étaient seuls à ne pas penser comme tout le monde. À entendre le monde, Dieu voulait qu'il y eût des serfs et des gospodars, des pauvres et des riches, des fouettés et des fouetteurs ;

mais les haïdoucs passaient sur cette volonté de Dieu, n'allaient plus dans ses églises, et se retiraient dans les forêts, d'où ils sortaient pour de foudroyantes incursions sur les biens des tyrans, et même sur ceux des églises, pillant, tuant et secourant.

Buzeu, ville capitale du département, m'apparut comme une fille qui ne fait que s'endimancher. Il y avait deux rues coquettes, pareilles à deux sourcils peints. La boue et la poussière en étaient soigneusement écartées ; partout le sol était recouvert de bois. Les boutiques, alignées les unes à côté des autres, avaient des devantures à grandes vitres, derrière lesquelles on pouvait admirer les étalages : dans l'un, des ouvrages de provenance indigène ; dans l'autre, des soieries étrangères de haut luxe ; plus loin, une exposition d'armes aux ciselures fastueuses ; ailleurs, du tabac aux longs fils de soie dorée, éparpillé entre les tchibouks et les narguilés de Stamboul. Des magasins remplis de tapis. D'autres exhibant des icônes, des encensoirs en argent massif, des étoles, des bonnets de prêtres, des livres saints. Dans une infinité de boutiques on servait à manger et à boire ; des *cafanas* étaient bondés de gens qui dégustaient un café aromatique, fumaient des tchibouks et conversaient en plusieurs langues.

Tous ces locaux portaient des enseignes aux noms divers et appropriés, tels que : *À la Paysanne buzoïenne ; Au Cachemire d'or ; À l'Arquebuse de Damas ; Au Tapis d'Ispahan ; Au Tchibouk du Vizir ; L'Auberge de la bonne arrivée ; À l'Encensoir d'Argent ; Cafana du Petit Bey*, etc.

Groza abandonna la charrette dans l'écurie d'une auberge moujik de la périphérie. L'accès des voies pavées était défendu aux charrettes pauvres ; seuls les carrosses y pouvaient pénétrer. Intimidés par ces richesses, et très mal à notre aise, nous circulions, admiratifs, au milieu des promeneurs infatués qui allaient et venaient, parlaient, égrenaient de gros rosaires d'ambre et nous dévisageaient comme si nous eussions été des veaux à deux têtes. La plupart de ces boïars étaient vêtus du cafetan et de l'*ichelic* ornés des plus beaux dessins ; d'autres avaient une mise qui ne se portait que dans les pays du soleil couchant. Ces derniers étaient plutôt de jeunes fils de boïars, revenus des universités étrangères ; ils portaient les moustaches rasées et des lorgnons à un seul verre, ce qui me fit croire qu'ils étaient devenus tous borgnes à force d'étudier.

De femmes, peu, mais divinement belles, savamment fardées, toutes têtes nues, les cheveux lissés en arrière et descendus sur les tempes, légèrement voilées de gazes fines et transparentes, corsages extrêmement serrés à la taille et robes larges, énormes, vraies cloches rasant le sol. Elles se traînaient, langoureuses, aux bras de leurs époux et parlaient du nez avec des voix de perroquet.

– Ici, me dit Groza, on ne peut entrer nulle part sans avoir dans sa bourse autant d'argent que nous en gagnons en un été. Pour que ces gospodars et leurs familles puissent vivre dans de telles villes, comme dans les autres plus grandes encore, il faut que nous autres les serfs nous leur en fournissions les moyens. C'est pourquoi ils ont des potéraches qui les défendent, eux, et nous obligent, nous, à travailler pour leur bonheur. Moi, je ne veux pas être serf. Je serai bientôt haïdouc. Alors nous tous, les haïdoucs, nous soulèverons les villages et mettrons fin à l'injustice.

L'Église d'un seul Bois était faite, disait-on, d'un seul, d'un unique chêne, depuis le toit jusqu'au voile de l'autel.

C'était l'heure de la grand-messe, un peu avant midi. Sur le coup nous n'osâmes y entrer, car l'accès de cette maison de Dieu, tout comme celui des boutiques richement achalandées, n'était permis qu'aux gospodars.

Cabriolets, équipages, chevaux de cavaliers, cochers, valetaille, attendaient, dans un pêle-mêle pittoresque, la sortie des maîtres. Ceux-ci priaient dans une église à eux seuls réservée (fût-elle modestement « d'un seul Bois »), de même qu'ils allaient se débaucher dans des maisons à leur seul usage, hypocritement appelées « chaumières ».

Nous attendîmes la fin du service religieux et le départ de ces bons chrétiens qui atténuaient les commandements du Christ en accaparant la terre. Ils sortirent avec des figures de charcutiers dévots et montèrent dans leurs véhicules au milieu de la frayeur que leur apparition, au son des cloches impériales, provoquait dans les rangs de leur fourbe domesticité. Nous nous glissâmes derrière cet apparat pompeux et, nous tenant par la main comme des coupables, Groza et moi pénétrâmes dans l'église vide, où l'odeur du musc, laissée par les vêtements libertins, luttait victorieusement avec l'odeur de l'encens.

Ici, ma stupeur fut bien plus grande que celle que j'avais

éprouvée devant les magasins luxueux. Quelle différence entre la pauvreté de l'église de notre commune et la richesse de celle-ci ! Elle était aussi royalement achalandée que les boutiques.

Sous la projection des vitraux peints, j'aperçus tout d'abord le voile sombre de l'autel, lourd de moulures et de sculptures. Au milieu et tout en haut, un Dieu triomphateur, rayonnant de santé malgré sa barbe blanche, soupesait dans sa main gauche une terre ignoble qu'il avait faite à son image, alors que, de son index droit, il nous menaçait de je ne sais quelle punition. Sur les deux battants de la porte de l'autel, les saints apôtres Pierre et Paul, aussi bien portants que leur maître, faisaient office de geôliers, le premier soutenant l'usine chrétienne, le second portant les clefs du paradis orthodoxe. Puis toute une galerie de saints aux regards de policiers, martyres et gendarmes de l'Église, dont les vêtements étaient d'argent et d'or massif ; deux rangées de fauteuils richement sculptés, portant chacun, gravé sur le dossier, le nom de l'heureux paroissien ; trois lustres suspendus au plafond, deux candélabres brûlant devant le Christ et la Vierge et deux grands chandeliers placés devant les stalles - tous, chargés de cierges pure cire, et dont plusieurs, m'étonnant par leurs dimensions, me firent croire que les péchés de ceux qui apportaient de telles offrandes devaient être en proportion.

Groza me laissa un instant au milieu de cet arsenal chrétien et alla frapper à la petite porte de la sacristie. Le chantre Joakime apparut. C'était un homme dans la quarantaine, trapu, chauve, gros yeux hors des orbites, face joviale, cou gonflé.

- La voici, notre amie Floritchica, dit Groza, me montrant de loin au chantre.

Celui-ci se cabra sur ses jambes courtes et resta un instant comme interdit. Sa face de jouisseur sacerdotal flamboya sous l'envahissement d'une lumière orange. Il leva les bras vers le ciel et lança ce mot grec avec une force qui fit trembler les vitraux :

- *Evloghimèni !* (ce qui voulait dire : *bénie*).

J'eus peur et envie de me sauver, mais je vis Groza me sourire et cligner de l'œil. Le chantre continua, et quoique ma peur grandît à mesure, mon plaisir d'entendre cette voix, qu'on affirmait une des premières du pays roumain, me retint sur place :

– Soient bénis tes yeux humides ! Bénies, tes lèvres humides ! Et qu'elles soient bénies, toutes les humidités de la terre qui font croître de tels fruits !

Je me sentis rougir devant la bénédiction de tant d'humidités, mais Joakime parla aussitôt de sécheresse. Il chanta, sur le « huitième ton » :

– Car ce sont, ô Seigneur, tes humidité-é-és qui font supporter la séchere-e-esse à ta ter-re, mon Seigneur tout-puissant !

Groza lui mit la main sur l'épaule et l'arrêta :

– Laisse maintenant tes faux psaumes farcis d'humidité et de sécheresse et fais-lui épeler l'alphabet. Tu oublies que nous ne couchons pas à l'*Auberge de la Bonne Arrivée,* mais dans nos chaumières.

Le chantre le considéra une seconde avec candeur, puis repartit de plus belle :

– Auront plus chaud, ceux qui coucheront ensemble dans une chaumiè-è-re, que celui qui couche seul dans un palai-ai-ais !

– Mais nous ne couchons pas ensemble, espèce de fou ! s'écria Groza.

– Ri-i-ivi-è-è-re, va-a-a-au fleuve ! Fe-em-me et ho-om-me vo-ont...

– ... Vont au diable ! hurla mon ami, secouant le chantre par le bras. Veux-tu ou non lui enseigner l'alphabet ? Tu me l'as promis !

– Oui, fit Joakime, s'approchant de moi comme un somnambule, oui, j'ai promis et je commence.

Puis, me fixant dans les yeux avec le regard le plus honnête du monde :

– Floritchica ! Colombe noire ! Prononce exactement comme tu m'entends prononcer : *Al-pha... Vi-ta... Gam-ma... Delta... E-psilonn...*

J'épelai, après lui, sans aucune crainte, jusqu'à la fin de l'alphabet.

– *Ehtatos ! Ehtatos !* se mit-il à crier, en grec. Un seul défaut, une petite bagatelle, qu'il faut corriger ; ce sont ces trois lettres difficiles à articuler *gamma, dzêta et thita.* Pour le *gamma,* il faut faire de la gorge comme lorsqu'on se gargarise. Pour le *dzêta,* imiter le bruit que fait la bise. Quant au *thita,* c'est pareil au sifflement du jars en colère. Prononce donc et fais-moi voir ta bouche pendant ce temps. Je t'y aiderai.

Je prononçai. Il regarda, de près, ma bouche, et toucha du doigt mon menton. Mais, comme sur le coup d'une brûlure, nous le vîmes se retirer brusquement et parcourir toute l'église en se lamentant, les deux mains réunies sur sa calvitie.

- Pauvre de moi ! Pauvre de moi ! Cette bouche, c'est la source même d'où les anciens dieux ont tiré leur nectar enivrant ! C'est la bouche créée, non pas pour épeler un alphabet, mais pour distribuer la vie et la mort ! C'est sûrement de cette fillette que le sage extatique a dit : *Ma colombe, qui te tiens dans les fentes du rocher, dans les cachettes des lieux escarpés, fais-moi voir ton regard, et fais-moi entendre ta voix...* Oui, ton regard, ta voix... et ta bouche aussi, il aurait dû dire. Mais, ô Salomon, à quoi bon avoir un cœur qui demande à entendre et à regarder ces choses copieuses lorsqu'on est aussi informe qu'une marmotte ? Et de quoi suis-je fautif, si mon cœur est *placé à ma gauche, comme celui du fou,* et non *pas à ma droite,* comme tu dis qu'est *placé celui du sage ? Ô Dieu ! tu connais ma folie, et mes fautes ne te sont point cachées.*

Sur ce, Joakime revint vivement à moi et me dit, avec des paroles tranchées et ciselées à la manière des nobles :

- *Cori mou ! Coritzaki mou !* Ne me fais pas l'injure de me croire vulgaire ! Ma folie n'est pas dangereuse et mon péché n'est que dans la parole ! C'est tout mon crime... Ne me prive donc pas du spectacle de ta grâce. Maintenant, va, « bien portante », et reviens-moi « bien portante ». Je t'enseignerai le grec avec la compétence de l'érudit et le désintéressement de l'ami. Et tu seras armée d'un glaive que peu de gens sont capables de manier.

J'embrassai le chantre sur les deux joues et lui dis :

- Joakime, tu es le premier homme que j'embrasse de ma vie.

Pendant une année entière, le chantre de l'*Église d'un seul Bois* m'enseigna le grec et bien d'autres choses, maître tantôt poli, presque pudique, tantôt écervelé, audacieux, presque fou. Néanmoins, son tempérament me révéla des coins de nature humaine dignes d'intérêt, et comme ma raison et mon caractère étaient tout autres que ceux des jeunes filles de mon âge, je me prêtai gentiment à tous ses désirs, d'ailleurs inoffensifs, rien que pour le plaisir de vérifier si sa pureté était vraie, ou bien un masque trompeur.

Elle était vraie.

Mes leçons avaient lieu deux fois par semaine, et toujours dans l'église vide, après la messe de onze heures. Groza y assistait souvent. Parfois il nous laissait seuls. Mais que nous fussions seuls ou en sa présence, Joakime était le même homme. Sachant que sa voix de chantre me faisait autant de plaisir sinon plus que l'enseignement du grec, il commençait régulièrement sa leçon par une explosion d'hymnes célestes qui se déversaient sur mon âme comme une cataracte de lumière. Il était inépuisable en cantiques, en psaumes, en improvisations, aussi bien qu'en modulations vocales. Sa sincérité allait jusqu'à l'inconscience, comme ce fut le cas le jour où, après avoir chanté en arpentant l'église du seuil à l'autel, il m'oublia et s'en fut dans la sacristie, où je le trouvai en pleurs. Mais cette sincérité avait, également, des saillies bien embarrassantes pour moi, car parfois, sans interrompre la leçon, tout en me regardant avec ses bons yeux de bœuf, il me posait la main sur le ventre, ou sur les seins, en s'excusant ainsi :

– Je n'ai jamais mis ma main sur des choses si agréables et je ne veux pas mourir sans connaître la chaleur de ces choses. Floritchica, permets-le-moi ! Tous les idiots connaissent cela sans l'apprécier, alors que moi, je l'apprécie sans le connaître ! Tu me rends heureux à peu de frais. Bientôt tu te gaspilleras sans le bénéfice de l'estime. Et ne crains pas que j'aille plus avant dans ce bonheur, car si l'Ecclésiaste a raison de dire que *la fin d'une chose vaut mieux que son commencement,* il n'est pas moins vrai que, dans la vie, bien des commencements l'emportent sur leurs fins. Il est vrai aussi que, pour cela, il faut voir la vie avec d'autres yeux que ceux de l'Ecclésiaste.

Je lui permis ce bonheur, m'attendant toujours à ce qu'il allât plus loin. Il n'en fut rien. Non seulement il ne me demanda pas davantage, mais il ne revint même plus à ce plaisir, l'oublia, n'en fit plus aucun cas. Cependant, instruite depuis longtemps dans les mystères de la vie animale et dégoûtée du mensonge volontaire qui s'étalait autour de moi, je me suis demandé souvent si j'aurais dû marchander un article si ordinaire à un homme qui me faisait vivre des heures à ce point uniques qu'elles ne sont jamais plus revenues dans la suite de mes jours. J'aurais voulu lui prouver ma reconnaissance, lui faire un présent, lui laisser un souvenir qui me rappelât à sa mémoire. Mais, disait-il :

- Quoi ? Un panier d'œufs frais ? Des poulets ? Un pot de beurre ? Une *donitza* de miel ? Ma maison en regorge ! Pourrais-tu m'offrir un saint au nimbe d'or massif, ou un chapelet aux grains de l'ambre le plus rare ou encore un narguilé luxueux de Smyrne, que je n'en voudrais pas. Les gospodars qui aiment ma voix, Dieu sait pourquoi, m'accablent de ces fadeurs-là. Ce que je voudrais, ce qui me rendrait mortellement heureux, ni toi ni le Seigneur ne pouvez me l'offrir : ce serait un corps, un visage plus dignes de ma voix et de mon cœur. Ils me permettraient de vivre la vie faute de quoi j'agonise dans cette carcasse d'âne ! Cela, Dieu n'a pas voulu me le donner ; il n'a pas voulu donner au rossignol le plumage du paon ; peut-être il a bien agi, car, dit-on, *si le porc avait des cornes, il bouleverserait la terre.*

Tel était l'homme que je découvrais dans le chantre Joakime, objet de tant de calomnies. Au milieu de l'été qui suivit cette année d'enseignement, je devais connaître en lui un autre homme, et cette révélation fut une surprise incroyable aussi bien pour la ville que pour moi, pour Groza lui-même.

J'avais maintenant près de dix-sept ans. Et belle comme vous le voyez. Cette beauté m'attira, entre autres assiduités, celle du fils de notre gospodar Bolnavul, propriétaire de vingt mille hectares de terre et de bois, ainsi que d'innombrables haras et troupeaux de bétail. Pour ce monsieur à lorgnon borgne, fraîchement rentré de ses études, je n'étais qu'une jolie brebis à deux jambes, facile à croquer, heureuse, peut-être, d'avoir excité un appétit si auguste. Il était loin d'imaginer la moindre résistance de ma part. Il était quelqu'un ; moi, j'étais quelque chose qui se tenait debout par hasard et devait s'allonger au premier signe du maître. Et ses études avaient été si vaines qu'il ne trouva rien de mieux que de commencer par m'insulter.

Un dimanche de cet été, décisif pour le sort de Groza, le *coconache* Manolaki, ainsi que l'appelaient ses esclaves, apparut à la hora du village, accompagné de sa sœur cadette et conduisant lui-même le superbe cheval attelé à leur cabriolet. Il venait là, lui, notre

Seigneur de demain, pour assurer sa popularité, et aussi pour inspecter l'autre troupeau, celui qui fournit la chair à plaisir. Souverain absolu par la grâce de Dieu et l'imbécillité des hommes, il affecta aussitôt une gouaillerie du plus mauvais goût. Sa sœur, aussi sotte que lui, n'en fut pas vexée, et la populace la reçut comme la manne. Les vieux levèrent les caciulas, découvrant leur belle chevelure argentée ; la jeunesse se borna à continuer sa danse, mais avec un entrain de parade, pour plaire aux nobles visiteurs, tandis que le *pomojnic,* créature servile qui escortait son maître, se répandait en platitudes grossières. Sur son ordre, le *cârciumar* versa à boire plusieurs okas de vin, et les buveurs souhaitèrent aux généreux hôtes « santé et longue vie ». Puis ceux-ci descendirent et trinquèrent à la ronde avec les danseurs, laissant la voiture sous la garde d'un jeune paysan.

C'est à ce moment que, profitant de leur absence, je quittai Groza un instant, en dépit de son conseil, et allai caresser un peu la belle bête qui traînait ce fardeau humain. J'aimais trop les beaux chevaux pour pouvoir résister au plaisir de promener ma main sur l'encolure de celui-ci. Je payai cher ce plaisir, car je fus surprise par le retour inattendu des deux sangsues et obligée d'accueillir leurs propos. Ces propos allaient à ma belle mise et à mon amour pour les chevaux ; ils ne furent pas désobligeants ; mais le coconache ne s'en tint pas là ; il crut me combler en jetant à mes pieds, du haut de son siège, une pièce d'or destinée, disait-il, à *des plaisirs innocents.* Je couvris ma face de mes deux mains et m'enfuis, laissant le *galben* là où il était tombé, à la stupéfaction des serfs et de leur maître.

Étendu sur l'herbe, loin de la hora, Groza n'apprit l'événement que par l'effervescence qui se produisit parmi les paysans après le départ du boïar. Il accourut chez nous et me trouva en sanglots. Je versai mes premières larmes de douleur.

D'autres devaient suivre sous peu.

La résistance sincère de la femme est sans effet sur les désirs de l'homme vulgaire. Il ne sait pas où finissent les embarras de la femmelette et où commence le dégoût profond de la dignité féminine. Tout est permis à cette brute qui maîtrise la terre.

En deux mois, cet animal essaya quatre fois de me convaincre que ma raison d'être était de servir à ses bons plaisirs. Les quatre fois, je me suis détournée en crachant à ses pieds. Alors il en vint à la violence. Il rencontra le bras de Groza et son *gârbaciu.*

Je gardais maintenant cent cinquante brebis environ, dont un tiers appartenait à mon ami d'enfance, les deux autres tiers à ma mère et à moi. J'étais heureuse, quoique préoccupée du servage qui s'appesantissait autour de nous et inquiète de l'apparition de ce monstre. Je savais que tôt ou tard, il se jetterait sur moi comme l'épervier sur la volaille. Groza me munit d'un pistolet et d'un petit poignard, que je tenais dissimulés à ma ceinture. Pour plus de prévoyance, il venait lui-même du Palonnier passer une ou deux heures avec moi tous les soirs et m'aidait à rentrer les troupeaux. Beaux jours d'amitié tendre, partagée avec nos trois chiens, égayée par nos cœurs généreux, embrasée par nos espoirs, bercée par nos flûtes, que vous me semblez loin aujourd'hui !

Un soir d'août flamboyant de rayons dorés, le malheur arriva. Le coconache était seul, à cheval. Dédaignant la présence de Groza, il s'adressa à moi seule, me donna le bonsoir, et me demanda :

– Es-tu moins méchante aujourd'hui ?

Je ne lui répondis même pas et m'éloignai, en lui tournant le dos. Groza, qui se tenait au bord d'une mare, se mit aussitôt à fouetter la surface de l'eau avec son gros gârbaciu. Je devinai qu'il voulait endurcir la corde pour mieux envelopper les reins du visiteur effronté. Une volupté me gonfla la poitrine à l'idée de me savoir tout à l'heure vengée par un ami fort et courageux, mais mon esprit, étourdi par la colère, ne se posa aucune question sur les suites d'un acte aussi épouvantable.

Le boïar descendit de cheval, l'abandonna et voulut me suivre à pas lents. Groza surgit au-devant de lui, droit comme un sapin et calme comme un sage. L'autre était aussi droit, mais guère calme ; tout son sang lui monta au visage :

– Que veux-tu ?

– Rien... dit Groza, seulement savoir ce que *tu* veux, *toi...*

Pris de rage de se voir tutoyé par un moujik, le malheureux porta la main à son pistolet. Il fut, en un clin d'œil, jeté à terre, désarmé, et avant qu'il eût le temps de se ramasser, Groza était déjà à califourchon sur le coursier de notre maître. Ce qui se passa ensuite me donna la mesure de la haine qui couvait dans le cœur de mon ami. Au lieu de s'enfuir, comme je le pensais, il se mit à flageller le coconache en lui cinglant de préférence la tête, avec la mèche en cuir de son gârbaciu humide, le chassant de-ci de-là par la campagne solitaire, dont le silence était déchiré par les cris du fouetté, s'acharnant à lui meurtrir le corps, alors même que celui-ci n'était plus, sur le sol, qu'une masse saignante et inanimée.

Groza me rejoignit au galop du cheval. Ce n'était plus le même homme. Sa face, élargie et immobile, me parut inerte comme du parchemin. Les yeux, injectés de sang, n'avaient plus rien d'humain. Les veines du cou menaçaient d'éclater. La lèvre inférieure pendait, encore lourde de colère. Sa voix, également, n'était plus la même, lorsqu'il me dit :

– J'ai bu ma première gorgée de vengeance. C'est aussi rafraîchissant que l'eau froide qu'on avale lorsqu'on est grillé par la fièvre. Maintenant, Floritchica, je te quitte pour toujours : je pars en haïdoucie. Je ne serai pas seul : sept gars, tous de ce Palonnier à la renommée mauvaise, m'accompagneront. Ce ne seront pas des amis au cœur riche de tendresse, comme toi et comme notre bon Joakime, et j'en suis triste ; ils sont vindicatifs, assoiffés de vie sauvage ; ils connaissent les forêts comme moi-même et sont prêts à se jeter au feu sur un signe de moi. Nos préparatifs sont achevés. Demain à l'aube nous nous trouverons dans le bois du Cerf, derrière le « rocher incliné ». Viens me trouver. Là, je te parlerai plus longuement de ce qui te reste à faire. En ce moment j'ai hâte d'aller à Buzeu avertir Joakime et l'embrasser pour la dernière fois.

Puis, me montrant sa première victime, il ajouta :

– Le fauve n'est pas mort et je ne tenais pas à ce qu'il le fût. Je veux que ce beau monsieur se souvienne de moi, son existence durant, toutes les fois qu'il présentera sa gueule devant un miroir : je la lui ai bien arrangée ! Son cheval, je le garde. Ceux dont mes compagnons auront besoin, nous irons les chercher dans les haras de son père.

Il faisait presque nuit... le troupeau, éparpillé par la course à l'homme de Groza, bêlait à soulever les montagnes. Mon ami en fit le tour à cheval, le rassembla et m'aida à le rentrer. Et le cœur gros de cet événement, comme étrangère au pays et à mes moutons, je me séparai ce soir-là de Groza en m'accrochant au cou de mon chien favori.

Pendant la nuit j'ai beaucoup pleuré.

Le lendemain, à l'aube, j'allai au « rocher incliné ». Groza et ses sept compagnons étaient déjà là. Il y avait en plus un gros marchand de bétail de Buzeu et Joakime. Me montrant le marchand, Groza me dit :

– Floritchica, comme mesure de précaution, j'ai eu l'idée d'appeler cet ami-là. Je te conseille de lui céder le troupeau de brebis. Ma part, je l'ai déjà encaissée. Le reste, si tu veux le lui vendre, il s'engage à te le laisser tant que tu voudras, pour en vivre. Au cas où nos persécuteurs voudraient toucher à ton bien, tu n'aurais qu'à dire qu'il ne t'appartient pas, que le troupeau est la propriété du *baciu* Zamfir.

J'acceptai de bon cœur. Le baciu s'en alla, bonhomme équivoque, mais sûrement utile. Et voici arrivé le moment de la séparation définitive, où j'ai regardé pour la dernière fois l'ami le meilleur de ma vie. Ses yeux en furent baignés de larmes. Sa voix étranglée d'émotion permettait à peine l'expression de la parole :

– C'en est fini, Floritchica, de notre vie... Nous avons été des amis vrais... comme le chien seul sait l'être. Tu ne retrouveras jamais un Groza, et moi, jamais une Floritchica ! Quel dommage que la femme ne soit pas faite pour vivre la vie de haïdouc ! Ah, sentir ton amitié et ta haine près de moi, là-haut, dans les montagnes, dans la forêt, non, Dieu ne l'a pas voulu, nous serions devenus fous tous les deux !

« Reste donc, mais écoute ceci : le haïdouc n'est pas celui-là seul qui va dans la forêt. En ville, parmi les gospodars, on peut être aussi bien haïdouc et révolté que l'homme qui vit « dans le cerveau des monts », mais à condition d'être faux avec les grands et sincère avec les opprimés. Tu sais être fausse et sincère : va donc, tâche d'aller au milieu des loups, hurle avec eux, observe leurs habitudes, connais bien leurs faiblesses et après, tire-leur dans le dos et fais du bien au peuple, venge-le ! Autrement dit, aide-moi ! Tu es plus intelligente que moi, plus fine, plus rusée, et belle femme par-dessus tout. Fais donc comme moi : sacrifie ta jeunesse, comme je sacrifie la mienne ! Le peuple est laid et lâche parce que tout ce qui se lève de son sein devient laid et lâche. Les bons ne se lèvent jamais. Jamais, depuis le *Zapciu* Janco Jiano et le *sluger* Judor Vladimiresco, l'un, boïar de cœur, l'autre, paysan de cœur, tous les deux haïdoucs et révoltés, tous les deux traîtreusement assassinés, aucun homme ne s'est levé du peuple que pour mieux l'asservir. Les quelques haïdoucs qui sévissent par-ci par-là ne sont que des révoltés à vue étroite, et on parle d'eux comme de chapardeurs. Ils auraient besoin eux-mêmes d'un chef qui élargît leurs champs d'action. Il faut frapper haut ! Et non seulement les Grecs et les Turcs, mais aussi, mais surtout le boïar roumain. Si on peut excuser l'étranger de sucer le sang de notre pays, comment excuser le gospodar qui se fait l'instrument de l'oppresseur du dehors ?

» Voilà. J'ai attendu ce jour pour te dire dans quel but je t'ai poussée à apprendre à lire et à écrire, chez Joakime, et dans quel but je l'avais fait moi-même : les livres nous enseignent ce que notre intelligence seule n'est pas capable de nous faire pénétrer. Il faut connaître le passé et le présent, pour savoir quoi désirer dans l'avenir. Travaille donc, pour cet avenir meilleur. On n'apprend pas le grec pour garder les brebis. Fais ce que ta tête te conseillera. Tu es assez maligne. Avec un cheveu de sa chevelure, une femme peut pendre un tyran. D'un doigt posé sur une bouche, elle peut le faire parler ou taire. Sois cette femme-là ! De l'or, je t'en donnerai bientôt.

» Je quitte, maintenant, cette région. Nous allons dans les domaines de Braïla, vers l'embouchure du Buzen et du Sereth, où je dois me rencontrer avec Cosma. Mais je ne travaillerai pas avec lui. De lui, j'ai certaines choses à apprendre. Pour le reste, je veux en faire à ma tête. Aussi, quel que soit le jour où tu auras besoin de moi, tu t'adresseras au cârciumar Ursou, qui tient taverne à la sortie de Vadeni, vers Galatz. Et si tu veux venir habiter de ce côté-là, ce sera encore mieux. La potéra sera ce soir ici. Elle ne peut rien contre toi. Quant à moi, elle n'a qu'à venir me chercher.

Pendant que Groza me parlait, j'examinais un peu les mines de ses compagnons ; oui, comme il l'avait dit, c'étaient des hommes farouches, décidés, peut-être fidèles, mais rien de plus. Oh ! tendresse, tendresse ! Si tu régnais dans le cœur de l'homme, la révolte serait un mot incompréhensible. Pauvre Groza : je le plaignis de ne le savoir entouré que d'hommes révoltés, d'hommes uniquement révoltés. Haïr, c'est bien. Aimer, c'est mieux. Seul celui qui sait haïr et qui peut aimer connaît la valeur tout entière de la vie !

Heureusement pour Groza, l'amour veillait. Il était tout près de lui, et cependant personne ne le savait.

Je remarquai que Joakime avait une drôle d'attitude. Affublé d'une ghéba longue jusqu'aux chevilles et d'une caciula tzourcana qui lui tombait presque sur le nez, il tenait sous le bras une grosse boîte en ébène, lourde, selon les apparences, car il la changeait de bras à chaque instant. Son visage, d'habitude enluminé, était grave, soucieux, pâle. J'attribuais cela à l'émotion que cette séparation devait lui causer et je lui dis :

– Mon bon Joakime... Tu es aussi peiné que moi...

– Non... fit-il, en secouant sa tête énorme, non... je ne suis pas peiné comme toi ; je suis peiné comme Groza.

Le haïdouc me regarda, intrigué, mais nous ne comprîmes rien à cette énigme.

– Que veux-tu dire, Joakime ? questionna mon ami.

– Je veux dire, Groza, que je suis peiné comme toi, pas comme elle.

– Bon... Cela, nous l'avons entendu, mais explique-toi.

– Je m'explique !

Il s'expliqua en chantant, gravement, mollement, à voix basse, la face allongée, les yeux écarquillés, et passant sans cesse la boîte d'un bras à l'autre, pendant que nous l'écoutions suffoqués d'étonnement.

– Je suis peiné comme toi, mon brave Groza-a-a, parce que moi aussi je quitte Floritchica-a-a : moi aussi je pars en haïdouci-i-ie ! Comme toi-a-a !... Et avec toi-a-a, si tu veux de moi-a-a !... C'est comme ça-a-a ! De l'église, j'en ai ma-a-arre. Po-o-pes ! protopo-o-pes ! encens ! *parastas,* fumier, quoi ! Morts et nouveau-nés : tous, athées ! Mariages et baptêmes ; rien que des blasphèmes ! Divinité : cupidité ! Amour de Dieu, adieu !

La sueur ruisselant à grosses gouttes de sous son bonnet, il s'arrêta, un instant ; puis, ouvrant sa boîte – pleine de gros et petits ducats, et de pierres précieuses : diamants, rubis, saphirs, émeraudes, turquoises –, il la promena devant nos nez et s'écria dans un élan de sincère dépit :

– Voilà, c'est tout ce que l'église, les gospodars et Dieu lui-même peuvent offrir à l'homme qui a besoin d'amour ! Pour avoir été doué d'une voix qui élève l'âme, on m'a arraché à mes montagnes, à mes plaines, à mes moutons et à mes chiens, et en échange de toute cette fortune on m'a offert du métal, qu'on dit cher, et des cailloux, qu'on prétend précieux ! Je n'avais à ce moment-là que dix-sept ans. Longtemps j'ai patienté dans l'attente du trésor divin et seigneurial dont on m'avait tant parlé, mais je me suis aperçu qu'il s'agissait toujours de métal et toujours de cailloux. Et l'amour ? L'amour tendre et l'amitié que j'avais quittés avec mes *tchobancoutzas,* mes brebis, mes beaux mâtins, mes cieux et mes forêts ? De ce trésor-là, de cette vraie fortune ? Rien ! Un mot flatteur, une tape sur l'épaule, parfois, une poignée de main courtoise ou un sourire haut protecteur, c'était tout ! Et moi, l'eau à la bouche devant les beaux seins prisonniers des beaux corsages ; devant ces yeux qui sont l'œuvre d'un démon gracieux ; devant ces lèvres prêtes à prononcer le mot pécheur qui touche l'âme pieuse, moi, pauvre Joakime, j'avalais mon envie et pensais à l'avarice de la maison de Dieu. Il m'arrivait, de loin en loin, de ne plus pouvoir tenir devant cette ingratitude de la vie qui te demande ce que tu as de meilleur et ne te donne que ce qui lui est inutile ou superflu : alors, je mettais un doigt sur le sein provocant et je disais aux lèvres et aux yeux pécheurs : « Moi aussi je voudrais boire de ce vin et goûter de ces fruits ! » Alors, c'était fini ; je n'étais plus « notre chantre Joakime, comme il n'y en a un qu'à l'Église métropolitaine », j'étais un « homme dégoûtant ». Et pourquoi, « nom d'autel et d'encensoir ! » pourquoi était-elle dégoûtante chez moi, une envie que les popes et les gospodars satisfaisaient tous les jours ?

» Hélas, elle l'était ! Je dus convenir moi-même que mon envie était dégoûtante, tout au moins ridicule. Dieu m'avait fait pour chanter, pas pour être aimé dans le monde où je chantais. Je crois même que c'est à bon escient que Dieu avait mis une voix de séraphin dans un corps d'âne : le pur ne peut rester pur que s'il est entouré de laideur. Aussi, quand je chantais et les transportais dans le ciel, les hommes m'adoraient et me comblaient de faveurs froides, mais dès que je touchais à leurs biens chauds, ils me rappelaient que j'étais un âne. Les chérubins, qui venaient à l'église pour y faire entrer le démon et vers lesquels le séraphin Joakime lançait sa voix et ses désirs, me le rappelèrent également, car la femme est comme le soleil : elle se mire dans tous les tessons du chemin.

» Je reviens donc au royaume que j'ai trahi par vanité, comme la rivière qui déborde doit toujours rentrer dans son lit. Et ma voix qui se dépensa dans le désert de la ville orgueilleuse sans susciter la moindre charité retentira dorénavant dans les cœurs des hommes qui se mettent hors la loi et s'imposent une dure vie pour le bien de leurs semblables. Et je dirai : « *Ô Dieu ! je te cherche au point du jour ; mon âme a soif de toi ; ma chair te souhaite dans cette terre déserte, pour voir ta force et ta gloire, ainsi que je t'ai contemplé dans le sanctuaire. Car ta bonté est meilleure que la vie ; c'est pourquoi, mes lèvres te loueront – Les orgueilleux se sont moqués de moi au dernier point ; moi je ne me suis pas détourné de ta loi. Ôte de dessus moi l'opprobre et le mépris ; car j'ai gardé tes témoignages.* »

» Après quoi, me voici ; le chantre Joakime, qui ne trouva point de charité dans l'*Église d'un seul Bois,* ira avec Groza en haïdoucie, pour y représenter Dieu et chercher l'amour !

L'ami dont on se sépare à jamais nous est plus cher que celui qui nous revient pour toujours. Quand le dernier signe d'adieu me fut envoyé de loin par les mains aimées, je m'écroulai sur mon chien et enfouis mon visage dans la fourrure de son front aux yeux étonnés. Puis j'ai pris le chemin du retour, qui fut comme celui d'un enterrement, j'ai revu ma maison, ma forêt, mes bêtes, et tout me parut désolé, comme un pays dévasté par l'incendie.

La tristesse, qui m'était presque inconnue jusqu'alors, s'empara de mon âme. Tout ce qui avait été joie voluptueuse devint souffrance voluptueuse. Seigneur, où as-tu mis le plus de volupté : dans la joie, ou dans la douleur de l'âme passionnée ? Le bruissement du feuillage, le chant des coqs, l'aboiement des chiens, le bêlement des moutons, les propos sans fin de mon ami le vent, furent autant de meurtrissures pour mon cœur tourmenté par le *dor.* Ombre à la recherche de son âme, je déambulais jour et nuit dans les bois de pins et de bouleaux. Ma flûte, qui ne savait pas ce qu'était la solitude navrante, emplit les forêts de clameurs et étonna les oiseaux aux instruments variés :

Dor solitaire, mélancolie

Des âmes riches peuplées d'amours :

Quand une fortune nous est ravie,

Autre fortune on trouve dans son dor !

Cette « autre fortune », je ne la trouvai pas seulement dans mon dor. Elle se trouva réalisée dans la personne d'un homme qui fut un rêve trompeur. Mais je savais qu'il était trompeur, et j'ai bu cette illusion avec la soif d'une âme qui se prépare à la déception.

Un jour, un messager envoyé par Groza vint me dire que Cosma passerait dans la semaine explorer notre région et voir si *un coup* était possible. Le billet où il me parlait de Cosma se terminait ainsi : « *J'ai mis un baiser sur la joue poilue de ce frère. Ramasse-le de la façon que ton cœur te conseillera.* »

Mon cœur me conseilla de chercher ce baiser sur les deux joues poilues de Cosma, pour être certaine de le trouver. Je l'ai trouvé, sûrement, puisque l'homme n'a que deux joues, et je trouvai encore autre chose que je n'avais pas cherché, mais qui vint tout seul, comme la tempête, que nul ne peut faire venir.

Cette semaine-là, ma flûte retentit dans les bois de pins et de bouleaux avec des accents que seul un dor enragé est capable d'arracher à un tuyau de sureau à huit trous, tandis que mes yeux fouillaient le sol et découvraient des empreintes de sabots aux fers inconnus dans la contrée. Je me mis à leur poursuite et, un matin, je tombai à l'improviste sur la clairière où Cosma et son frère Élie fumaient leur pipe, heureux de leur sort et se doutant fort peu de mon existence. Cosma fit le fier et je le raillai. Pourtant, je sentis aussitôt mon maître. Pour l'exciter, je le fuis. Il se mit à ma recherche, pour confirmer la loi qui dit : « femme qui fuit l'homme se fait mieux désirer », et le soir même, après avoir enflammé Cosma et la forêt de pins, je me laissai encercler la taille par le bras qui avait répandu l'épouvante parmi les gospodars.

Cosma me prit, mais c'était au cœur de Groza que je m'étais donnée. Cosma eut ce que tous les hommes peuvent avoir. Groza eut mon âme, à laquelle il tenait. Ainsi, j'ai vécu un rêve impossible dans une heure d'oubli. Puis *je sondai la profondeur de la mer avec mon doigt :* je demandai à la vie ce qu'elle ne peut pas donner. Je voulus Cosma, Groza et tout le bonheur, pour moi seule. Et je n'eus rien du tout. Alors, je brisai ma flûte de sureau. Et ce fut une autre vie, qui dura environ trois ans, au bout desquels j'allai déposer dans les bois ce que j'avais ramassé dans les bois.

Après quoi, je mis le masque de la fausseté et disparus dans le monde, d'où je vous reviens sincère, prête à faire tout le bien et tout le mal nécessaire à ce monde.

Voilà ce que je suis.

Élie le sage

À toi,

ÉLIE LE SAGE

frère de Cosma et mon conseiller, à toi de nous faire savoir qui tu es et pour quelles raisons tu as embrassé la vie de haïdouc, dit Floarea Codrilor, notre capitaine.

Élie posa sa caciula par terre avec un mouvement lent. Savait-il, peut-être, qu'en nous découvrant son front sans plis et sa crinière de haïdouc, il nous montrait une tête unique par son calme ? C'était une figure de métropolite guerrier, sachant tuer entre deux prières, boire et manger entre deux tueries. Ses yeux noirs, clairs, précis, ni timides ni audacieux, disaient fermement : *paix à vous, ou je vous assomme !* Cependant, une lumière de martyr, hésitant entre la vie et la mort, flottait éternellement sur cette longue barbe tramée de noir corbeau et de blanc d'argent, qui engloutissait une moustache embroussaillée, redoutable gardienne d'une bouche prête à chaque instant à lâcher ce mot incompréhensible : *Justice !*

Il le lâcha en commençant son récit.

Récit d'Élie le sage

Je suis venu habiter dans les bois pour y rencontrer la justice qui se sauvait de la ville.

À Braïla, où j'ouvris les yeux, mon père tenait *han*. Ce père - que le diable l'emporte - était, d'intentions, brave homme. Mais beaucoup d'hommes, qui sont braves gens d'intentions, ne sont que des tyrans dans la vie intime, surtout lorsqu'ils tiennent le gouvernail. Mon père tenait celui de sa maison, grosse caravelle qu'il voulait voir à l'abri de toute menace d'orage ; pour y arriver, il l'ancra en eaux mortes, malgré les protestations de quelques voyageurs, à qui cela déplaisait.

- Cela vous déplaît ? disait-il. Attendez qu'Allah m'appelle à lui. Ensuite vous ferez à votre goût...

- Oui, répondions-nous, mon frère Cosma, notre sœur Kyra et moi, oui, nous ferons à notre goût à partir du jour où Allah t'appellera à lui. Mais quand t'appellera-t-il ?

- Ça, c'est l'affaire d'Allah !

Ça, c'était l'affaire d'Allah, affaire très embêtante, car nous avions grande envie d'agir à notre goût, cependant que le père n'en avait aucune de s'en aller dans le ciel et de nous passer le gouvernail. Quoique vieux, il tenait ce gouvernail d'une main forte, en se guidant sur des principes forgés par lui-même.

Il croyait pieusement en Dieu, en tous les dieux, et les craignait tous. Pour se rendre agréable à tous, il prit dans son harem de belles femmes représentant les trois grandes religions : musulmane, juive et chrétienne. Il laissa à sa maison liberté absolue dans le choix du culte, mais imposa rigoureusement ce choix, oubliant que le meilleur de tous les cultes - celui de n'en avoir aucun - n'y était pas représenté.

Il croyait sincèrement en Dieu - mais, il affirmait, conformément au dicton roumain :

- *Jusque chez Dieu, on peut être dévoré par les saints !*

En conséquence, pour se rendre agréable aux saints également, il leur ouvrit son auberge toute grande, et les hébergea tous. Naturellement, il le leur faisait payer, chose qui ne lui était pas facile, car ces diables de saints étaient un peu cannibales. Mais mon père n'était pas homme à ne pas comprendre que plaire à Dieu d'une façon spirituelle, c'était bien ; procurer aux saints des jeunes filles et des bourses garnies de *mahmoudies,* encore mieux.

Ce fut radical : le seigneur – qui n'était autre que le Grand Vizir – donna à mon père un firman le déclarant le *handji* de la Sublime Porte, avec droit de saisir et de vendre au *mezat* le *calabalâc* de tout *moucheteri* insolvable. Cependant, comme parfois arrivaient aussi des moucheteris malins qui descendaient sans aucun calabalâc, mon père dotait ce client-là d'un calabalâc original : dès que le fourbe « levait l'ancre » sans crier gare, il courait chez l'aga tout-puissant, se jetait à ses pieds et lui déposait entre les mains un paquet :

– C'est l'Effendi Untel qui l'a oublié chez moi, en partant hier matin, lui disait-il, naïvement. Il a oublié aussi de me payer sa pension du mois, mais ça ne fait rien !

Ça ne faisait rien à mon père. Mais ça faisait beaucoup au pauvre Effendi, car l'aga, curieux comme tous les Agas, fouillait dans le paquet, découvrait des papiers compromettants et coupait la tête de l'Effendi oublieux.

Oui, mon père était brave homme en intentions.

Pour nous assurer une fortune dans l'avenir, il nous faisait vivre sa vie dans le présent, mais il nous en faisait vivre seulement le côté pénible. Toute la maison devait s'associer à ses prières, à ses jeûnes, à ses salamalecs devant les puissants, après quoi il s'en allait seul couler des heures agréables en compagnie de ses amis, soit chez nous, soit chez le Cârc-Serdar ou chez le Zapciu, où l'on jouait d'interminables parties de *ghioul-bahar* dans le ronflement des narguilés. Pour nous, de vrai plaisir, de vraie fête, il n'y en avait qu'une fois par an, au *baïram.* Et encore ces fêtes nous coûtaient cher, car elles venaient après le mois de *ramadhan* qui nous dérangeait les estomacs à cause des excès de mangeaille pendant la nuit, et de rude abstinence de la journée. C'est, d'ailleurs, ce qui nous fit partir en guerre contre le chef de la maison.

Cosma osa le premier, âgé d'à peine quinze ans, manger, boire et fumer dès le début de ce ramadhan, ce qui marqua le commencement d'une querelle sans fin. Je profitai de cette rupture et suivis son exemple. Nous fûmes deux à tenir tête au père qui, d'abord, essaya de nous faire rentrer dans la loi en nous affirmant que le Prophète nous « refuserait la vie éternelle » :

- Tant pis pour la vie éternelle !

- Le Prophète lui-même a jeûné pendant ce mois ! expliqua le père.

- Oui, mais il dormait, le jour. Cela lui était donc facile, alors que nous, nous devons travailler.

- Lui aussi : il travailla la nuit, pour écrire le Coran, notre lumière.

Cosma déclara alors vouloir être chrétien :

- C'est la religion de ma mère et elle est moins pénible : le Prophète des chrétiens a du moins mangé tous les jours ! Et il a promis également une vie éternelle : ça doit être la même.

Le père, qui redoutait d'offenser les autres dieux, s'inclina. Nous devînmes chrétiens, Cosma et moi, c'est-à-dire qu'il n'y eut rien de changé, car on peut passer d'une religion à une autre et rester dans la même peau. Mais voici arrivé le grand jeûne qui précède les Pâques chrétiennes, lorsqu'on doit se nourrir de pain et de soupe aux haricots pendant sept à huit semaines. Nous trouvâmes cela absurde. Ce fut la dispute et l'orage :

- Vous respecterez la loi que vous avez choisie ! hurla notre père.

- Oui, nous l'avons choisie, répliqua Cosma, mais là aussi il doit y avoir une erreur : il n'est pas possible que, pour gagner la vie éternelle, il soit nécessaire de se bourrer de haricots secs pendant deux mois !

- Il le faut ! Vous mangerez des haricots secs cuits à l'eau. Autrement : plus de religion chrétienne et plus de paradis !

- Eh bien, conclut mon frère : nous nous passerons de l'une et de l'autre ! Les haricots secs cuits à l'eau sont immangeables !

Le père s'écria exaspéré :

- C'est épouvantable ! Je vais sûrement m'attirer la colère de quelque puissant du ciel : ces deux-là ne veulent se caser dans aucune des trois grandes religions que j'abrite sous mon toit !

Ces deux-là ne voulaient pas. Et de deux, ils devinrent bientôt trois, avec notre sœur Kyra, puis quatre, avec le pauvre frère Ismaïl, qui se pendit un jour par gourmandise. Il était friand de choses qui entrent dans le corps par la bouche et, comme toutes ces friandises étaient destinées à satisfaire les seuls clients, le bon Ismaïl les raflait à la barbe des cuisiniers, hurlait de plaisir en les mangeant et de douleur en les digérant, car le père le fouettait pendant toute la durée de la digestion.

Mais notre existence dans cette maison devait empirer avec l'apparition des passions sensuelles. Moi, j'en fus exempt : je n'ai jamais senti le besoin de soulever le voile qui couvre le visage d'une femme. Cosma, en revanche, souleva sa part de voiles, ma part, la part du frère pendu et celles de tous les ancêtres de la famille qui avaient été timides, comme moi, ou qui s'étaient pendus comme Ismaïl. Cosma souleva tout. C'était d'ailleurs légitime, et je n'en fus nullement affecté.

Le han était plein de femmes : celles du père, celles des amis du père et les cadânas qui appartenaient aux *kiabours* hébergés dans le han. Leur odeur remplissait la maison. Cosma, pareil au lévrier, déambulait toute la journée en flairant, le nez en l'air, ainsi qu'Ismaïl le faisait en rôdant autour de la cuisine. Mais si les dégâts faits par ce dernier étaient supportables, ceux qui furent occasionnés par Cosma ne l'étaient, paraît-il, pas. En tout cas, les maris, notre père en tête, l'affirmaient. Ils étaient les seuls à se plaindre du fléau. Les femmes, elles, ne se plaignaient jamais. C'est pourquoi je donnai raison à Cosma et aux femmes, car Cosma avait avec lui le Coran, qui accorde à l'homme plusieurs femmes, et les femmes avaient avec elles le sage de la Bible qui dit : « *Il y a trois choses qui sont trop merveilleuses pour moi, même quatre, lesquelles je ne connais point : la trace de l'aigle dans l'air, la trace du serpent sur un rocher, le chemin d'un navire au milieu de la mer, et la trace de l'homme dans la vierge.* »

Si donc il n'y a pas de trace, pourquoi tout ce tapage ? Car de deux choses l'une : ou le Prophète avait lu le sage de la Bible et lui avait donné raison dans son Coran, ou les fidèles ne respectent guère ses stipulations et alors, étant les premiers fautifs, ils ne devraient pas se fâcher.

Ils se fâchèrent, cependant. Cosma fut battu. Je bondis à sa défense. Je fus battu à mon tour. Mon frère demanda où il pourrait prendre ce que toutes les religions lui accordaient. Nulle part, pour le moment : cette femme est une mère. (Il y en avait, des mères !) Cette autre est une sœur. (Des sœurs aussi, il y en avait !) Les autres appartenaient à leurs maris. (Et elles ne demandaient pas mieux que d'appartenir à Cosma !)

- Toutes celles-là sont de la maison et nourries par leurs maîtres, lui expliqua-t-on ; tu dois en chercher au-dehors, les acheter, les nourrir avec ton argent, quand tu en auras !

Cosma n'y comprit rien et vint me dire :

- Élie, explique-moi ça : pourquoi m'envoie-t-on au-dehors ? Comment ? N'aime-t-on pas mieux les femmes de la maison que les étrangères ?

- Oui, Cosma, tu as raison : les femmes de la maison nous sont plus chères.

- N'est-ce pas ? Maintenant, explique-moi encore ça : du moment que celles de la maison sont déjà nourries par leurs maîtres, et qu'elles ne me demandent, à moi, que de les aimer, pourquoi veut-on que je perde mon temps dehors, à courir après celles qui ne me connaissent point, et que je refuse ce plaisir à celles qui me connaissent et me le demandent ?

- C'est juste, Cosma : ne cours pas dehors, ne refuse aucun plaisir à qui te le demande, laisse tout dans la maison où tu es aimé.

- Pas vrai ? Une dernière question, Élie : ils me défendent l'approche des femmes qui ne me coûtent rien et veulent que j'en achète avec mon argent quand j'en aurai. Que faut-il faire pour avoir de l'argent ?

- Sais pas, Cosma. Peut-être devrais-tu interroger, à ce sujet, le pope, le *hodgea* ou le Cârc-Serdar : ce sont tous des gens qui ne fichent rien et qui ont de l'argent.

Cosma alla les interroger. Tous trois lui répondirent que le travail seul procure de l'argent.

Cette réponse mit mon frère en rage. Moi aussi, j'en fus fâché, car ces trois hommes ne faisaient que jouer du ghioul-bahar en compagnie de notre père, alors que tous les travaux de leurs propriétés étaient accomplis par les ilotes du *beïlic.* Néanmoins, Cosma les prit au mot et alla dire au père :

- Voilà : trois de tes amis, qui représentent l'autorité et la religion, prétendent que le travail procure l'argent. Eh bien, je travaille chez toi : donne-moi l'argent nécessaire à l'achat et l'entretien de trois femmes. Il me faut trois femmes !

Le père nous parla alors de ses intentions :

- Oui, tu travailles, Cosma, et tes frères travaillent aussi, et moi aussi, mais tout l'or qui s'entasse dans le *sendouk,* c'est pour l'avenir. Vous le trouverez à ma mort et vous en serez contents...

Cosma lui coupa la parole :

- Laisse-moi la paix avec le contentement de plus tard ! Aujourd'hui j'ai besoin de trois femmes. Tu dis qu'il faut les acheter et les nourrir. Donne-moi donc l'argent de mon travail !

- Mais tu es trop jeune, mon fils : trois femmes à dix-neuf ans ? Non... Il faut attendre...

- Je ne peux pas ! J'en ai grand besoin...

Il disait la vérité... Il lui en fallait... Combien ? Trois, ou six, je n'en savais rien, mais j'ai vu de mes yeux toutes les femmes du han venir à Cosma, et toutes partir joyeuses.

Ça, c'était son besoin à lui.

Il y avait d'autres besoins dans la maison. Ceux de Kyra, d'abord. Au dire du père, ils étaient accablants. Elle ne voulait s'habiller qu'avec de la soie d'Asie, n'employait que des parfums qui se payaient leur poids d'or, et demandait un carrosse aussi luxueux que celui de l'aga. Ses aumônes à elles seules montaient à dix ducats par mois. Le père l'aimait et la gâtait plus que les autres enfants, mais il criait contre un tel gaspillage :

- Tu me mènes à la ruine ! Tes dépenses sont celles d'une fille de bey, alors que tes prières à ton Dieu chrétien sont celles d'une coquine ! Ce n'est pas de cette façon que je suis arrivé à vous ramasser une fortune.

Kyra, les trois quarts de son temps devant la glace, lui répondait par-dessus l'épaule :

- Je ne sais pas de quelle façon tu t'y es pris pour nous ramasser une fortune, mais du moment qu'elle est là, je te prouverai, pour ma part, que je suis digne d'elle : ce qui vient facilement doit s'en aller facilement. Tu connais le dicton roumain : *les biens du thésauriseur tombent toujours dans les mains du dissipateur.* Où il y a beaucoup d'or, les larmes le dépassent en poids. Je me charge de te faire pardonner tes péchés en répandant un peu de joie là où ton or a semé la désolation, et ce sera ma meilleure prière. Quant à celles dont je ne suis pas prodigue, c'est ma seule avarice, mais Dieu ne m'en voudra pas, car il sait que mon cœur est généreux.

Voilà les besoins de Kyra.

Il y avait, enfin, mes besoins, à moi. À vrai dire, ils n'étaient pas les miens, mais ceux de la justice. Dans la maison, pour ma part, j'avais tout ce qu'il me fallait, car il ne me fallait pas grand-chose. Le plat, le lit et le narguilé, ces trois bonheurs nécessaires à la vie, je les obtenais facilement en échange de mon travail. Ce que je ne pouvais obtenir facilement, c'était le droit d'ignorer l'existence d'un Dieu qui me demandait de ne pas manger à ma faim et de lui chanter louanges le ventre vide. Il est vrai que ce Dieu prétentieux et bête n'avait jamais exigé cela directement de moi. C'était le père, le pope et le hodgea qui parlaient en son nom. Je regimbai contre ces hommes, et alors ils me punirent, toujours pour plaire à leur Dieu.

Mais ce Dieu, si exigeant à mon égard, ne trouvait rien à redire à la cruauté de ses serviteurs qui commettaient autour d'eux les pires injustices. Les hommes d'Église, oubliant que toutes les créatures humaines sont égales devant le Seigneur, asservissaient le paysan du beïlic au point de le faire travailler gratuitement la moitié de l'année. Le pauvre cojane crevait à côté de sa bête : le pope lui recommandait la résignation, lui promettait une vie meilleure dans le ciel et lui ordonnait le jeûne et la prière. C'était la volonté de Dieu.

Le Zapciu, homme de l'administration, qui devait veiller au maintien de l'ordre dans son district, envoyait ses chenapans rafler le bétail des habitants, le faisait « retrouver » par les mêmes chenapans, puis, en guise de participation aux frais occasionnés par la poursuite des « voleurs », obligeait le paysan à racheter sa propre bête. Naturellement, les chevaux et les bœufs les plus beaux n'étaient jamais retrouvés. Devant ce crime, Dieu restait indifférent.

Le Cârc-Serdar partait avec sa potéra, composée de deux cents mercenaires, poursuivre les haïdoucs qui vengeaient le paysan, mais, fort heureuses de ne pas les rencontrer, ces sauterelles s'abattaient sur les villages, pillaient, violaient, torturaient, jetaient dans le désespoir un tas de communes innocentes, puis rentraient de cette promenade pour toucher leur solde et reprendre le tchibouk abandonné au départ. Dieu regardait et laissait faire.

Alors j'en voulus à ce Dieu, je haïs ces hommes. Là, mes besoins furent grands.

Cosma ne voyait ces injustices qu'avec la moitié d'un œil, et Kyra avec un œil. Le reste de leur regard, ils le braquaient sur leurs propres besoins. Je les priai un jour de laisser un instant en repos, l'un son harem, l'autre ses coquetteries, et de regarder l'injustice en face, de leurs deux yeux. Ils la regardèrent et en frémirent, mais aussitôt leurs besoins reprirent le dessus. C'est que Cosma ne pouvait vivre une heure sans son harem, ni Kyra sans ses coquetteries. Je restai seul et en fus triste. On est fort malheureux quand on a raison et qu'on reste seul.

Néanmoins, quoique séparés par la nature de nos goûts, nous nous mîmes d'accord sur les moyens de les satisfaire. Les forts volaient les faibles. Nous décidâmes de voler les forts, quels qu'ils fussent. Nous remarquions un fait stupéfiant : alors que les faibles se divisaient par nations et par religions pour maudire le mal, les forts - Turcs, Grecs ou Roumains - vivaient en harmonie et écrasaient sans distinction. C'est moi, le premier, qui ai vu ça.

La potéra était presque entièrement constituée d'éléments étrangers au pays, mais le Zapciu était roumain *néaoche,* voire patriote, et toutefois le Cârc-Serdar n'avait pas de meilleur ami que ce sbire qui désolait le département confié à sa garde, aussi impitoyablement que le chef de la potéra, qui était un bachi-bouzouk. L'un et l'autre avaient acheté leurs postes du Divan de Bucarest au prix de bourses bien garnies d'or, et tous deux n'avaient qu'un but : piller le pays, rentrer dans leur argent, s'enrichir au plus vite, sachant bien qu'ils étaient à la merci du caprice des pouvoirs centraux au même titre que ces derniers dépendaient de l'humeur de la Sublime Porte.

L'évêque du bas Danube, brigand de haut vol, patronnait un certain nombre de monastères qui rançonnaient le pays avec cette fureur que les moines apportent dans la débauche. Cet évêque, digne du gibet, venait souvent incognito chez le boïar Dumitraki Cârnu, à Braïla, possesseur de grands domaines et *sfetnic* dans le Divan. En compagnie de l'aga de la ville, à eux trois, ils s'enfermaient jusqu'à l'aube dans une aile isolée de notre han. Les créatures de l'aga y étaient seules admises pour le service de la mangeaille, de la boisson et de la chair à passion. Le boïar Dumitraki se contentait de fillettes de treize à quatorze ans, mais bien développées. À l'aga et à l'évêque, plus difficiles, d'esprit plus avancé, il fallait des *agemoglani.* Pour ne pas être embarrassés par les cris des victimes, ils se livraient à leurs penchants en présence de domestiques prêts à étouffer le moindre gémissement.

Les fillettes souffraient ce qu'une enfant de cet âge doit souffrir dans les mains d'un satyre, comme l'était le conseiller du Divan, avec sa réputation de « brave homme » et de « bon père de famille ». Mais les pauvres agemoglani devaient maudire le jour de leur naissance, car le préfet de police et l'ecclésiastique, usés jusqu'à la moelle, avaient besoin d'excitants bien plus raffinés. Ainsi les sacrifiés étaient obligés, sous les peines les plus atroces, de déguster des tartines enduites non pas de beurre et de miel, mais des excréments frais de leurs bourreaux. La plupart survivaient à ce calvaire. Toutefois il y en eut un qui tomba raide mort. Un autre perdit la raison. Un troisième se jeta par la fenêtre et fut tué dans la cour.

C'est cette dernière victime qui fit éclater le scandale. Nous apprîmes tout, Kyra s'affola et prit allure d'héroïne. Elle ne se contenta plus de voler le père et de donner l'or aux miséreux, elle nous demanda de venger les victimes dans le sang des tortionnaires.

Nous trouvâmes cela raisonnable. Cosma, qui se livrait, seul, à des attaques dangereuses de voyageurs, abandonna ce jeu. Moi, qui fouillais les malles dans notre han, j'y renonçai également. En ce qui me concerne, je n'avais nullement besoin de ce comble de crime. De tout temps, mes deux yeux ne voyaient autre chose que les forts trébuchant dans l'opulence, et les faibles tordus sous la cravache. Et c'était à moi, Élie, que s'adressaient tous ceux qui avaient une plaie à exhiber. C'était moi qui parcourais les campagnes, écoutais les gémissements et pansais les blessures.

Mon frère Cosma et notre sœur Kyra pansaient eux aussi des blessures, mais quand on a soi-même de grosses souffrances à soigner, on ne peut pas faire grand-chose pour les autres. On ne peut pas avoir un pied dans l'enfer et l'autre dans le paradis, ni loger dans son âme joie et douleur à la fois. Entre deux visites aux nombreuses femmes qu'il entretenait, Cosma écoutait le paysan qui lui racontait ses peines. Puis il vidait ses poches dans les mains tremblantes de l'homme, tournait le dos et oubliait. Kyra, vêtue et fardée comme une maîtresse de sultan, sortait avec son carrosse aussi beau que celui de l'aga, mais si l'histoire d'un malheureux lui arrachait des larmes au cours de sa promenade, je savais que le chagrin de se voir abîmer le visage égalait celui que lui causait la détresse du misérable.

Les monstruosités qui se passaient dans notre *han* vinrent les bouleverser, l'un et l'autre. Kyra dévasta son appartement, brisa ses glaces de Venise, déchira ses robes. À l'arrivée du père épouvanté, elle lui jeta ses pots de pommade à la tête. Cosma s'enferma pendant trois jours dans la cave, barricada la porte avec des fûts, inonda le sol de vin, de liqueur et d'eau-de-vie. Moi, je ne fis rien. Je fumai mon narguilé dans le grenier. Ensuite, tous trois, nous décidâmes de tuer l'évêque, l'aga et le boïar. Kyra, tout habillée de noir, comme une religieuse, nous appela dans sa chambre et nous dit :

- Regardez : j'ai saccagé ce que j'ai de plus cher. Je ne mettrai plus de vêtement de couleur ni de fard sur mon visage avant le jour où ces trois monstres seront morts. Je vous y aiderai. Si besoin en est, vous prendrez le chemin de la forêt. Moi, je vous fournirai l'argent. Je vous suivrai s'il le faut.

Cosma, bouillonnant de colère, répondit :

- Et moi, je jure que je n'irai plus caresser une femme avant d'avoir trempé mon poignard dans le sang de ces trois brutes.

C'était si beau, de les voir, ces deux-là, au comble de la révolte que je n'eus pas un mot à ajouter et je me trouvai bête. Je me remis à fumer mon narguilé et j'attendis.

Il fallait attendre, car on ne tue pas trois seigneurs armés jusqu'aux dents comme on tuerait trois dindons. Mais voilà, si je pouvais attendre, mon frère et ma sœur ne le pouvaient pas. Ils vinrent, dès le lendemain, me rappeler notre vengeance :

- Eh bien, Élie, que faisons-nous ?

- Nous attendons, Cosma, nous attendons le moment propice.

Kyra, encore vêtue de noir, répliqua :

- Et pourquoi attendre, Élie ?

- Parce que, voyez-vous, l'évêque, l'aga et le boïar Dumitraki ne savent pas que nous voulons les tuer, et lorsqu'ils l'apprendront ils ne viendront pas nous offrir leur cou à trancher.

- Embêtant ! fit Cosma.

- Ennuyeux ! compléta la sœurette.

C'était, en effet, et embêtant et ennuyeux. La pauvre sœur n'aimait pas les vêtements noirs, et Cosma ne pouvait rester trop longtemps sans caresser ses femmes.

J'eus pitié d'eux.

- Allez, mes amis, reprenez votre vie de tous les jours. Personne ne vous a imposé de jeûnes, de prières ni de mortifications jusqu'au moment où justice sera faite. Rien n'est plus pénible que de vouloir le bien d'autrui au prix de sacrifices qu'on s'impose à soi-même. Trop de vertu rend le cœur rancuneux, et les cœurs rancuneux ne connaissent pas la joie du sacrifice. Rentrez donc dans votre loi. Moi, je suis dans la mienne.

Ils rentrèrent et s'en trouvèrent fort bien. Celui qui ne s'en trouva pas bien, ce fut moi. Je fus encore une fois seul et triste, bien plus seul et plus triste qu'auparavant.

Il y eut encore quelqu'un qui ne s'en trouva pas bien : le père. Il s'était aperçu que le mot roumain : *ce qui naît de la chatte mange des souris* n'était pas vrai dans son cas. Aussi son premier geste, après l'acte de vandalisme commis par Kyra et Cosma, fut-il de chercher un mari sévère pour la première. Quant à nous, il fit mieux : il nous mit sous la surveillance des autorités. Bel avenir pour trois révoltés qui voulaient partir en guerre contre les forts !

Je me croisai les bras devant l'impossible. Plus moyen de panser une blessure. Des malheureux venaient raconter leurs peines et demander secours à « Élie le bon », et Élie ne pouvait leur donner que des bribes. Le mal régnait en maître, depuis le plus poltron potérache jusqu'aux sfetnics du Divan. Nuit sans astres. Ténèbres remplies de gémissements...

Ainsi je connus le malheur de ne pas ressembler à mon père. Je fus plus misérable que les esclaves du béïlic. Ceux-ci souffraient chacun sa propre peine ; moi celle de tous. Et j'avais une sœur qui versait des larmes au récit d'une douleur. Et j'avais un frère qui vidait ses poches dans les mains tremblantes de l'opprimé. Hélas, l'une enfermait toute son existence dans ses chiffons d'Asie, l'autre portait en lui la fièvre de tous les étalons du département.

Non, on ne peut pas s'occuper des blessures des autres lorsqu'on a soi-même de grosses plaies à soigner.

Un jour cependant, l'abcès creva. Cosma vint me dire :

- Élie, allons sauter sur le dos du père, lui enlever tout son or ! Veux-tu ? Kyra veut.

- Je veux bien, Cosma, mais que faire avec cet or ? Entretenir des juments qui pondront des raïas pour *le* beïlic ? Acheter des chiffons d'Asie ? Glisser quelques aumônes par-ci par-là ? Puis, nous faire coffrer par le Zapciu ? J'en ai assez de tout cela !

- Non, Élie, on ne fera plus rien de tout cela. Moi aussi, j'en ai assez. Kyra aussi. Le père veut la marier à un ignoble charron au cœur dur comme le bois d'ébène. Partons tous en haïdoucie ! Nous vengerons les offensés. Et nous vivrons libres, jusqu'au jour où nous nous balancerons au bout d'un gibet ! Veux-tu, Élie ? J'ai dix hommes prêts à nous suivre.

J'acceptai. Nous nous embrassâmes, nous baisâmes nos belles barbes noires. Mais je ne fus pas d'avis que Kyra nous suivît. Elle devait rester en ville et nous renseigner sur les projets de l'ennemi. On y consentit.

Pour sauter sur le dos du père et lui arracher les clefs du sendouk où il cachait son or, il fallait attendre que le mal de dents le reprît. En ces moments-là, il affolait la maison, envoyait tous les domestiques à la recherche des sorcières qui se connaissaient en fumigations et en onguents magiques.

Ce mal le reprit par un jour pluvieux de printemps. Pour écarter de notre sœur tout soupçon, nous lui conseillâmes de sortir en ville dès que le père se mettrait à crier. Elle alla le consoler. Il l'envoya à tous les diables et l'appela *patchaoura.* À notre arrivée, croyant que nous venions dans la même intention, il hurla :

- Disparaissez de mes yeux, *pézévénghis !* Je n'ai pas besoin de votre pitié !

- Il se peut, dit Cosma, mais nous avons besoin, nous, de tes clefs !

Et en disant cela, il les lui arracha de la ceinture. Aussitôt le mal de dents passa. Le père se leva debout. Alors, Cosma l'écrasa sous son corps, lourd de deux cents livres, le bâillonna et le ligota.

Le soir de cette journée inoubliable, nous étions douze à fêter, dans les fourrés de la Dobroudgea, notre rupture avec la loi qui protège ceux qui l'ont faite. Une sacoche renfermant quatre okas d'or devait nous ouvrir une vie nouvelle.

L'or ne change rien dans le cœur de l'homme. Il ne changea presque rien dans notre vie nouvelle.

Cosma se lança dans la contrebande, affaire fort avantageuse pour qui voulait risquer peu et gagner gros. Mais ce n'était pas là une vie de haïdouc. Il était vrai que les soulagements que nous apportions aux opprimés rendirent le nom de Cosma fameux d'un bout à l'autre du pays roumain. Les bourses d'or filaient avec la même facilité que nous mettions à les gagner. Néanmoins, tout cela n'était que remède passager. Le mal dont le paysan souffrait ne demandait pas que de l'or pour sa guérison.

Soulager l'homme qui peine, c'est lui rendre la peine supportable. Cette vérité, Cosma ne la voyait pas. Nos compagnons ne la voyaient pas non plus, quoiqu'ils fussent les plus intéressés à voir juste. Mais qu'est-ce qu'un homme qui souffre, quand il ne sent que sa propre souffrance ? Dès que son mal disparaît, il n'y a plus de mal dans le monde. Aussi notre vie nouvelle ne fut-elle qu'une répétition de l'ancienne, avec de plus gros moyens.

Pendant ce temps, notre sœur était rivée à l'homme dur que le père lui avait destiné. Son premier enfant fut une brute pareille à son père. Ma sœur le renia et l'éloigna d'elle. Heureusement, une fillette suivit, une Kyra *leite* sa mère, ainsi qu'un troisième enfant, un garçon. Ils vinrent entourer la malheureuse femme d'une famille selon ses goûts.

Ils vécurent la vie qui leur était propre, souffrirent pour elle et sombrèrent tous les trois pour n'avoir voulu renoncer à rien.

Inutile de vous dire que, pour ma part, le passé ne me donne pas le droit de m'appeler un haïdouc. Nous fûmes des *borfaches*. Nos vengeances furent mesquines et par trop intéressées. Toutefois, il y eut un exploit, un seul au début de notre carrière. Il nous fit grand bien aux yeux du peuple et je m'en enorgueillis, car ce fut moi qui poussai Cosma à l'accomplir. Voici :

À cette époque les rapts d'enfants battaient leur plein. De tous les malheurs qui écrasaient la population, ce forfait était celui qu'elle supportait le moins. Le paysan endurait ses autres calamités d'un cœur plus ou moins meurtri : impôts, corvées, flagellations, viols. Mais lui enlever le lambeau innocent de sa chair, c'était pire que de lui enlever la vie même, surtout qu'il n'ignorait pas le sort qui attendait le malheureux. J'avais entendu parler de parents abandonnant leur chaumière, partant, comme des chiens enragés, à la recherche de leur enfant, et disparaissant à jamais, à leur tour.

Dans notre département, c'était l'aga de Braïla qui était le grand *capcaoune*. Son ami, l'évêque de Galatz, se régalait avec lui et préférait les garçons aux fillettes, alors que le troisième ami, le boïar Dumitraki Cârnu, avait, je vous l'ai dit, des goûts contraires. Le festin fini, on embarquait les petites victimes pour Tzarigrade. Il y avait des mères qui s'évanouissaient en implorant miséricorde devant la porte des puissants. On les repoussait comme des paquets encombrants.

Comment ne pas devenir haïdouc ? J'avais, contre ces trois fauves, une de ces haines qui rendent le cœur joyeux devant la mort. Et voilà qu'un jour - deux ans après notre brouille avec la loi et l'Église - Kyra nous fait parvenir ce mot : *Ce soir, chez nous, des enfants verseront des larmes de sang. Soyez des haïdoucs ! On vous sait très loin et on ne vous craint pas.*

Nous nous trouvions, en effet, très loin de Braïla, dans les parages du Babadag turc. Et il était déjà l'heure des vêpres quand l'homme nous apporta la nouvelle.

Je regardai Cosma dans les yeux. Il parut chanceler. Alors je lui offris ma poitrine nue et dis :

- Frappe, Cosma... C'est du venin qui coulera.

Cosma se leva, enfourcha son cheval et s'écria :

- Hé ! les haïdoucs rassasiés ! Qui veut me suivre pendant dix heures sans manger ? Qui veut risquer sa peau pour une mère qui s'arrache les cheveux ? pour des enfants qui maudissent la vie ?

Nous étions vingt. Tous les vingt nous fûmes à cheval avant que Cosma eût fini de parler. Et à l'heure du premier chant des coqs, après une course pénible à travers brousses et marécages, nous arrivions au fossé qui entoure Braïla.

Le han était plongé dans le sommeil. Aucune lumière, aucun signe de vie. Une pluie fine, qui durait depuis la veille, avait détrempé le sol boueux. La maison du malheur, blanche comme la neige, posait une tache de pureté criminelle sur un fond de deuil céleste. Les grands avant-toits déployaient leurs ailes noires et humides, celles d'un oiseau de proie monstre abritant une couvée funeste, alors que les balcons en bois dur s'alignaient sur le blanc des murailles comme des ventres prêts à accoucher d'une fourmilière d'agas et d'évêques capcaounes.

Jamais notre han ne m'avait paru à ce point sinistre. Je frémis à l'idée d'être venu au monde et d'avoir grandi dans cette maison. Cela a-t-il été un acte de la justice divine que le sort réservé aux enfants et petits-enfants de ce père qui voulait faire le bonheur des siens en fermant les yeux sur des crimes profitables ?

Nous prîmes les précautions les plus sévères. Le han était situé à l'encoignure du plateau que le grand fossé semi-circulaire de la ville crée en aboutissant au Danube, extrémité Karakioï. Les chevaux furent cachés dans le fossé et laissés sous la garde de quatre hommes.

La pente du plateau est, dans cet endroit, très rapide, mais elle a l'avantage d'être couverte de ronces et de genêts qui permettent de la gravir en se cramponnant. Nos hommes s'embusquèrent dans ces broussailles, échelonnés sur le bord qui avoisine le mur de la maison. Au loin, le port dormait. Seul, un Turc amoureux chantait tristement sur le pont d'une caravelle invisible. De ce côté nous ne craignions rien. Du côté de la cité, en revanche, le danger était grand, car la police de l'aga veillait assidûment pendant que son maître s'amusait. Heureusement pour notre entreprise, le mauvais temps nous vint en aide. Les chaouches, réfugiés sous quelque portail à toiture, grelottaient comme des chiens mouillés, en lâchant, faiblement, leurs *hep, hep* monotones. Mais Cosma, avec son audace inouïe, alla carrément converser avec un d'eux, l'entraîna vers un autre, sortit de l'eau-de-vie. Nous bûmes de compagnie. Puis, rien que nous deux au milieu de ces loups, nous continuâmes notre promenade dans le quartier et rassemblâmes encore quelques gardiens de nuit, auxquels Cosma parla gaiement, versa à boire. Une garde, roumaine celle-là, cria, pas bien loin de notre groupe, son mot de ralliement :

– *Je te vois ! je te vois !*

Cosma lui répondit, au milieu de l'hilarité des chaouches :

– Tu ne vois rien du tout : je fais caca ! Viens plutôt boire un *raki,* allons !

L'homme sortit de son embuscade, vint nous rejoindre, rit et but. Enfin, poussant de l'épaule la porte contre laquelle il se trouvait appuyé, et qui était celle où habitait un ami fidèle, Cosma dit :

– Et si on se chauffait un peu à l'abri ! Ce ne serait pas mieux ?

Les cinq gardiens nous suivirent, reconnaissants. Nous nous vîmes dans une grande *tinda,* devant notre bon Ibrahim qui nous souhaita à tous une « santé perpétuelle ». Il jeta quelques branches sur la braise assoupie de Faire et nous offrit des tabourets, ainsi qu'une large rogojina pour ceux qui voulaient s'allonger.

L'eau-de-vie et la chaleur alourdirent les paupières. Les ronflements entamèrent la symphonie la plus sincère de la vie.

Nous nous sauvâmes. Les coqs chantaient pour la seconde fois.

À grand regret, nous fûmes obligés de tuer notre veilleur de nuit, le domestique qui nous avait vus venir au monde, mais la faute n'en fut qu'à lui seul. Cosma avait frappé à la grande porte. Le portier ouvrit, la lanterne à la main. Nous lui jetâmes une ghéba sur la tête et lui conseillâmes de se taire et de se laisser ligoter. Il refusa et se débattit. À grand-peine nous l'empêchâmes de hurler. Alors, furieux, Cosma le poignarda.

– Nous ne savons même pas si l'orgie a lieu, ou si elle a été contremandée, dit mon frère navré. Peut-être que ce crime est inutile.

Il ne l'était pas. Des crimes bien plus atroces s'accomplissaient dans la maison que gardait le portier fidèle. Au moment où nous réglions, à contrecœur, le compte du concierge, deux agents féroces de l'aga tombaient dans les mains de nos hommes postés à l'entrée de service, du côté opposé à la porte principale, que nous verrouillâmes pour plus de sûreté. Ces deux *léfédjis* du préfet étaient déjà morts à notre arrivée. Chose fâcheuse ; nous aurions voulu leur arracher d'abord des renseignements sur ce qui se passait à l'intérieur. Une troisième brute ne tarda pas à nous satisfaire. Il fut traîné dans les ronces et cuisiné. C'était un Grec de Janina qui prétendait ne point parler d'autre langue. De lui nous apprîmes que l'aga était également de Janina. On se comprenait mal, mais Cosma se refusa à croire que le reptile ignorât le turc ou le grec vulgaire. Les pointes de nos coutelas donnèrent raison à Cosma. L'odieuse créature parla très bien en turc, et ses révélations nous firent dresser les cheveux sous les bonnets.

En haut, rapporta-t-il, la débauche touchait à sa fin. Une fillette et deux garçonnets gisaient évanouis, sur le parquet. L'aga, l'évêque et le boïar Dumitraki, ivres morts, demandaient leur carrosse pour s'en aller coucher à la préfecture. De domestiques, il y en avait encore trois, chargés d'emporter les trois victimes après le départ des maîtres.

Pour prix de ces aveux, l'ancien berger de Janina implora sa grâce :

- Je n'y suis pour rien... Je fais ce qu'on m'ordonne. Comme tant d'autres, je suis venu moi aussi en Valachie pour tenter la fortune. On dit chez nous qu'ici c'est un pays où un limonadier peut devenir pacha, pourvu qu'il...

- Pourvu qu'il consente à étouffer les cris des enfants pendant que les agas leur déchirent le corps, n'est-ce pas ? demandai-je, en lui empoignant le cou.

Ce fut la première canaille que mes mains étranglèrent voluptueusement.

Notre attente fut longue pour avoir le gros gibier. Personne ne descendait plus. Envahir la maison, c'eût été courir le risque de réveiller une armée de domestiques, engager une bataille, affronter peut-être la potéra tout entière. Nous savions qu'avant l'aube l'orgie prendrait fin ; les monstres ne couchaient jamais dans le han, où toute trace du crime était effacée le matin. Il fallait donc permettre à l'envoyé suivant d'aller chercher le carrosse.

Nous nous retirâmes dans les broussailles, d'où nos regards surveillaient la petite porte de service située à trente pas. Pendant plus d'une heure, le froid de cette nuit d'avril nous glaça le sang dans les veines. Enfin, un homme sortit et disparut, comme affolé. Allait-il chercher la voiture, ou bien ses patrons, pris de doutes, lui auraient-ils ordonné de la faire accompagner par la garde ? Quoi qu'il en fût, nous décidâmes d'ouvrir le feu, si considérables que fussent les forces qui surviendraient.

Nos craintes s'avérèrent à moitié fondées. Une escorte de dix à douze arquebusiers à cheval s'arrêta devant la sortie. Elle entoura aussitôt le carrosse. Nous respirâmes, contents, et prîmes nos dispositions. Les secondes nous semblèrent longues. Et voilà que les trois satyres surgirent, l'un après l'autre, trois grosses pourritures informes, empaquetées dans leurs choubas, se traînant à grand-peine avec le secours de la valetaille. La portière se referma sur le dernier, l'équipage fut prêt à s'ébranler au moment même où des centaines de coqs emplissaient l'aube de leurs chants ininterrompus.

Comme un seul homme, nous bondîmes sur le rebord du plateau, seize arquebuses crachèrent dans le tas, seize autres feux de pistolets achevèrent de jeter à terre les trois quarts de la bande, cependant que le carrosse décrivait un brusque demi-cercle et se renversait contre un arbre. Dans la nuit tachée de blancheur au levant, deux léfédjis à cheval et un homme à pied couraient à toute vitesse. Les autres gisaient sur le sol, morts ou blessés. D'un tour de bras, Sa Sainteté l'évêque, le puissant aga et le « brave » sfetnic du Divan, Dumitraki Cârnu, furent arrachés de la voiture et à leur ivresse ; trois nœuds coulants leur furent passés autour du cou, et nous voilà, coupables et justiciers, dégringolant la pente pêle-mêle, avec l'unique souci d'arriver au plus vite à nos chevaux.

Ohé, parents endoloris, enfants qui tremblez dans les jupes de vos mères ! Et vous aussi, capcaounes qui offensez le visage que Dieu donna à l'homme ! Venez, accourez voir la charge endiablée des haïdoucs qui balayent la rive boueuse du Danube traînant derrière les sabots de leurs chevaux trois des maîtres de la terre ! Surgissez, paysans, de vos chaumières, et vous, bourreaux, de vos alcôves dorées ! Regardez un peu ces trois puissants démembrés dont les orbites, la bouche, les oreilles sont butées de glaise...

Vengeance ! Bénie sois-tu pour les bienfaits que tu apportes au cœur des haïdoucs !

Ainsi Élie termina son récit...

Il répondit aux applaudissements de ses compagnons en s'inclinant devant Floarea Codrilor, prit sa caciula, se couvrit. Sa figure n'avait plus rien d'un martyr.

Spilca le moine

– Je te passe la parole, Spilca. Enlève le voile qui te cache à nos yeux, ouvre ton cœur avec franchise, raconte-nous ta vie, tes joies, tes souffrances, tes haines !

Spilca parut pris au dépourvu par l'invitation de Floarea Codrilor. Il eut un haut-le-corps comparable au choc que reçoit l'homme pudique lorsqu'il entend une obscénité ! Ses yeux ronds, couleur d'acier, bravèrent gravement les regards qui s'étaient portés sur lui, mais ce ne fut qu'un instant, puis sa tête se tourna vers l'entrée de la grotte dans un mouvement d'anxiété dédaigneuse. Longuement sa pensée fouilla le dehors solitaire et brumeux, pendant que son buste carré, vêtu de loques monacales, semblait ne plus respirer. Ses mains appuyées sur ses genoux ne bronchaient plus ; jambes et pieds, grossièrement camouflés, enfouis dans l'amas des *obélé* et des *opinci,* étaient également immobiles. Spilca nous avait abandonné son être matériel. Seul son profil musculeux, propre, à la barbe rousse bien peignée, ainsi que son crâne découvert, étaient riches de vie ; seule sa tête, à moitié éclairée, trahissait le débat qui se livrait dans son âme.

Puis, lentement, il présenta son visage au capitaine. Les lèvres charnues bougèrent, mais elles étaient desséchées ; le gosier, embarrassé, articula quelque chose d'incompréhensible. Cette entrave parut vexer le moine haïdouc. Il humecta dignement sa bouche de salive et parla avec fermeté.

Récit de Spilca le moine

Avant d'être Spilca « le moine », j'ai été un vaillant *ploutache* sur la Bistritza. À ce moment-là, mon crâne n'était pas chauve. Une belle *kica* blonde se déversait sur mes épaules larges, qui me sont restées, elles. Je n'avais pas de barbe. Mon visage était celui d'un jeune homme vierge. Mes yeux n'avaient aucune raison de se fermer tristement à l'apparition d'un souvenir. Mes lèvres savaient rire sans crainte. J'étais Spilca « le ploutache ».

Depuis l'endroit où la Bistritza permet le lancement d'un radeau jusqu'à son embouchure, les berges moldaves m'étaient aussi familières que mes doigts. Bistritza, la fière, la sauvage princesse jalousée par le Pruth et par le Sereth, était mon amante. Son lit : un berceau inconstant, plein d'écueils. Ses rives : deux nattes ondoyantes, variées, riches en surprises. Le premier agace la maîtresse, lui fait des entailles dans le corps. Les secondes s'approchent, souvent menaçantes, la serrent, l'étranglent, lui arrachent des cris. Puis, d'un commun accord, tous les trois la lâchent. Alors, la plus belle rivière du pays moldave, une des plus belles du monde, se déploie à l'aise, se mire dans un ciel digne d'elle, sourit gracieusement à ses habitants.

Spilca, le ploutache audacieux, vivait la vie de sa maîtresse : était-elle serrée, déchirée, je me défendais avec elle dans le vertige du courant et nous hurlions ensemble ; libérée, calme, nous contemplions le firmament bleu, nous nous détendions les membres au soleil et, par-ci par-là, en suivant notre destin, nous prenions goût à ce qui se passait autour de nous.

Autour de nous : pays béni par le Seigneur, terre promise ! Que ce soient les gorges abruptes et sombres, où le pinceau du crépuscule remue mille nuances à vue d'œil, ou que le paysage s'élargît dans son décor éblouissant de lumière, riche de prairies et de troupeaux, bondissant d'horizons, de collines, de forêts, l'âme du ploutache est toujours prête à s'émerveiller. C'est la joie qu'on éprouve quand on descend le courant. Remontant le pays en compagnie de charretiers, mon cœur en éprouvait une autre, qui ne cédait en rien à la première. Le bois était livré, l'or dans ma bourse, santé parfaite, besoin d'enjamber la route, de boire, de manger, de dormir. Que faut-il de plus à l'homme ?

Ah, mon pauvre Spilca ! Pourquoi ne t'en être pas tenu à ce bonheur ?

Je ne m'y suis pas tenu. Je ne l'ai pas pu. On ne le peut pas.

Sur les rives de la Bistritza cristalline, il y avait des jeunes filles qui blanchissent la toile de lin et chantent à tue-tête des amours éprouvées et non éprouvées. Il y avait toujours eu des jeunes filles qui blanchissaient la toile, mais je ne les voyais qu'avec des yeux de gamin innocent ; des êtres humains portant jupe au lieu de pantalon. C'était tout. Ce fut tout pendant de longues années. Je les hélais, pendant la descente calme du radeau. La plupart répondaient. D'autres restaient moroses. Et je passais. Un jour, je ne passai plus.

J'avais près de vingt-cinq ans. Humeur agréable. Muscles et santé de sanglier. Car je vivais sur l'eau, buvais du vin, mangeais deux okas de viande par jour et remuais des arbres géants. Mon nez ne supportait aucune odeur que celle des bois.

Un jour, une bande de jeunes filles me hélèrent les premières. Je me dis :

« Allons, Spilca, voir d'un peu plus près *ces choses-là !* »

Et je donnai un coup de barre qui envoya mon radeau heurter violemment la berge. Toutes se sauvèrent, emportant leurs toiles ou la laine qu'elles blanchissaient, toutes sauf une, haute comme trois pommes. Mais elle était une « chose » si neuve à mes yeux que je ne me rassasiai pas de la regarder. Elle s'était levée : jambes nues, jupe courte, chemise blanche, qu'elle serra de ses deux mains sur sa poitrine, tête blonde, toute petite, et ces yeux bleus, grands, profonds, aux cils battant comme des ailes de papillon, qui furent toute la chose neuve de ma Sultana.

Elle me considéra sans crainte, avec honnêteté, ce qui me plut, et dit tout de suite :

- Tu ne viens pas pour nous faire du mal ; tu es des nôtres.

- Vous faire du mal ? sûr que non ! Vous m'avez appelé. Je suis venu.

Sultana sourit :

- *Elles* ont crié, comme ça, pour blaguer ; on s'ennuie, toutes seules !

- Tu as crié aussi ?

- Non, je n'ai pas crié, mais je te connais depuis l'été dernier, je ne pense pas que tu sois méchant. C'est pourquoi je suis restée.

- Il y en a de méchants ?

- Beaucoup, presque tous.

- Même des ploutaches ?

- Souvent.

- Alors je m'en vais. Dis-moi seulement ton nom.

- Je m'appelle Sultana.

- Moi, Spilca. Et pourquoi penses-tu, Sultana, que je ne suis pas méchant ?

- Parce que tu suis toujours ton chemin et ne fais pas attention aux cris des femmes.

Cette réponse de Sultana me fit grand plaisir. Je ne dis plus rien, repoussai la rive et repris le courant, pendant qu'elle me souriait.

Aussitôt parti, je ne fus plus le même homme. On n'est plus le même, dès l'instant où une pensée occupe l'esprit. Ma vie était calme : un arbre dont pas une feuille ne bouge. Maintenant, un vent inattendu s'était mis à souffler. Et l'aspect de la Bistritza changea du tout au tout : je ne voyais plus le monde qu'à travers une image. La beauté ne perdit rien de son éclat, mais j'avais dans le regard une vue qui n'était pas la mienne.

Je ne souffrais pas. Je ne sais pas même aujourd'hui ce que c'est que le mal d'amour qui tenaille le cœur. J'aimais Sultana comme l'enfant aime son oiseau en cage, en lui donnant toute sa pensée. Cette chose frêle, osant affronter, seule, une brute qui lançait son radeau contre la berge, me gagna entièrement. Elle savait que je n'étais pas méchant. Elle était sûre que je ne lui ferais pas de mal. La force de ses yeux s'était mesurée avec la force de mes muscles et était sortie victorieuse. Je dus penser à Sultana et rien qu'à elle. Est-ce peu, penser sans aimer et sans souffrir ? Peut-être, pour d'autres, pour ceux qui aiment et qui souffrent facilement. Pour moi, ce fut une chose nouvelle. Elle m'ébranla. À peine séparé, je désirai la revoir, désir qui chassa tous les autres, m'obséda, anéantit mes habitudes. Je ne me réveillais plus en chantant, mais en pensant à Sultana. Je ne voyais plus des arbres, des bêtes, des horizons : Sultana les remplaçait. En haut ou en bas de la rivière, descendant le courant ou remontant le pays, tout me devint également indifférent. De tout ce grand et beau monde, un seul point m'intéressait : le pays de Sultana. Et, chose que je n'avais jamais connue, ma mémoire se troubla tout à coup : je commençai à oublier mes affaires, source d'ennuis pour moi et les autres.

Spilca n'était plus un homme libre.

Pendant quelques semaines, j'espérai que les yeux bleus et sincères finiraient par me laisser tranquille. Il n'en fut rien. La petite tête blonde me poursuivit avec des détails encore plus menus. Alors je me dis :

« Eh bien, Spilca, on ne fuit pas son destin. Tout homme doit heurter, un jour, le caillou qui le détournera de son chemin. Allons trouver ce caillou. On verra, ensuite, ce qu'il veut faire de toi. »

C'est ainsi que, vers la fin de cet été, le jour férié de la Sainte-Marie, je mis mes vêtements du dimanche et m'en allai rôder dans le petit village de Sultana. Village montagnard, tapi dans le creux formé de deux collines et traversé par un ruisseau. Pas bien loin, des forêts séculaires de sapins. Les maisonnettes, toutes blanches, aux fenêtres bleu outremer, étaient parsemées comme des marguerites. Quoique propres, riantes, fraîchement badigeonnées à la chaux, leurs toits de planches pourries et couvertes de mousse trahissaient l'indigence du paysan. Cela ne m'étonna pas. Nous vivions l'époque sinistre d'esclavage et de misère qui marqua la fin de l'occupation turque. Encore savait-on que les régions protégées par les montagnes étaient les moins touchées par la spoliation. Seul échappait au béïlic, au fouet et aux impôts onéreux, l'homme qui pouvait se passer de son semblable, qui gagnait la montagne et vivait dans la compagnie des ours.

J'arrivai au moment de la liturgie. Les habitants étaient tous à l'église. J'y allai et priai comme un bon chrétien que j'ai toujours été. Cela me fit du bien. Le prêtre et le diacre, chacun à son pupitre, lisaient et psalmodiaient avec entrain, avec foi, au milieu d'un silence absolu.

Je ne pouvais dévisager les assistants, car je m'étais arrêté à l'entrée de l'église bondée. En échange, à la sortie, je fus à l'aise pour découvrir l'image désirée. Sultana était accompagnée d'une petite vieille, que je crus être sa mère, et toute modestement vêtue d'un corsage et d'une jupe de toile blanche serrés dans un *catrintza* d'étoffe noire peu brodée. À son passage, je la saluai de la tête, un peu troublé. Elle me répondit sans surprise, sans émotion, avec honnêteté et un calme sincère.

La présence d'un étranger dans un petit pays est toujours remarquée. On nous avait vus échanger le salut. C'en fut assez pour susciter les chuchotements, les œillades, les commérages, sur le seuil même de la maison de Dieu. Cela blessa la pureté de mes intentions et m'obligea à prendre un parti. Décision rapide : j'irais demander Sultana en mariage. De toute façon, cet accident pend au nez d'un jeune homme. Ainsi soit-il !

Je me mis à la poursuite des deux femmes. Elles sortirent du village, gravirent une côte et entrèrent dans une maison située à mi-hauteur de la colline qui tournait le dos à la montagne. Pendant ce trajet, aucune d'elles n'avait regardé en arrière. Cette honnêteté me donna confiance. Je montai et frappai à la porte. Sultana ouvrit.

Elle ne fut pas étonnée de me voir, chose qui me déconcerta. Comme sur la rive de la Bistritza, deux mois auparavant, elle se tint droite et me posa presque la même question :

- Bonjour, Spilca ! Quel vent t'amène chez nous ? Si tes pensées sont honnêtes, entre !

- Honnêtes, Sultana, je le jure devant Dieu : je viens pour te demander si tu veux faire de Spilca ton mari...

Alors je vis ses joues s'empourprer :

- Entre... On ne demande pas une jeune fille en mariage sur le seuil de la porte !

Puis, criant fort à la vieille :

- Tante ! C'est un *voïnic* travailleur de la Bistritza, Spilca le ploutache.

La tante me toisa d'un regard hébété et m'invita à m'asseoir.

- Elle est sourde, ma tante, me dit Sultana, et aussi un peu revenue « à la raison de l'enfance ». Tu ne pourras pas facilement causer avec elle. La pauvre femme est veuve depuis longtemps. Voici trois ans qu'elle a vu son fils unique périr dans une rixe.

Affaire de jalousie. Ce garçon était toute sa vie, le seul appui de ses vieux jours. Alors elle a vendu sa maison et est venue habiter avec nous ; à ce moment-là j'avais encore mon père et ma mère. Ils sont morts l'année suivante. Depuis, nous sommes seules. Nous vivons de nos bras, tant bien que mal. Tu vois, Spilca, que ce n'est pas très gai, chez nous... Et ce n'est pas tout.

Je ne pus rien répondre. Elle m'avait dit ces choses « pas très gaies » presque en souriant. Je n'avais pas devant moi une jeune fille timide, effacée, pareille à toutes, mais une âme mâle, durcie au malheur. Et tendre cependant.

Le coup d'œil que j'avais jeté en entrant m'avait fait voir un intérieur tenu avec ordre. Non pas cet intérieur paysan qui, lorsqu'il n'est pas une écurie, est d'une propreté hostile, d'un ordre sévère, mettant le visiteur mal à son aise. Les deux chambres, communiquant avec la grande tinda du milieu où la famille paysanne passe toute sa vie, avaient leurs portes ouvertes. Des lits larges et hauts, chacun avec son couvre-lit à rayures, où le borangic jaune s'intercalait entre les blancs, et sa dentelle large, qui touchait presque le sol. À la tête de chaque lit, un sendouk primitivement peint, écrasé sous une montagne de couvertures, de draps, d'oreillers. Partout, contre le mur qui surplombe le lit, des coussins brodés, des tapis de laine, lourds, chargés de dessins multicolores. Par terre, également, des tapis, mais d'une qualité inférieure. Une grande glace dans chaque chambre, s'appuyant sur une table de bois blanc couverte de nappes tissées de la même manière que les couvre-lits. Des chaises en bois verni. Des gravures représentant diverses scènes rustiques. Des icônes ornées de basilic dans les coins au levant, chacune avec sa veilleuse allumée. Les icônes, les tableaux, ainsi que les glaces étaient décorés de grands rideaux à entre-deux reliefés, enrichis de dentelles, imposants par la complication du travail et l'abondance de la soie écrue. Aux fenêtres, des rideaux en toile de lin, presque aussi beaux que les napperons. Et dans chacune de ces deux chambres spacieuses, un métier en train.

Il y avait, dans le foyer de Sultana, ce qu'on voit dans toute maison paysanne de chez nous où n'est pas entrée la misère. Rien de plus. Mais tout objet, tout arrangement, portait l'empreinte d'une main qui leur créait une ambiance de douceur, d'intimité, chose rarement rencontrée dans nos foyers villageois, où la parure des chambres « propres » glace l'hôte, où tout suscite la gêne, la crainte de déranger.

Je me sentis à mon aise, comme autrefois chez mes parents, disparus quand j'étais encore un enfant. Et je dis tout de suite à Sultana ce que je pensais :

- Sultana, il manque ici un bras fort de voïnic. Le voici, et tout sera gai !

Elle me regarda fermement dans le blanc des yeux, un regard qui m'alla fouiller les entrailles, mais je tins bon, car ma pensée était sincère.

- Spilca, me dit-elle d'une voix claire, tous nos malheurs ne tiennent pas dans le peu que je viens de te raconter, et qui sont choses passées. Il y en a d'autres. Je ne voudrais pas te les dire. À quoi bon ? Ceux qui aimeraient, comme toi, m'épouser, et qui les connaissent, n'en sont pas plus avancés. Mieux vaut se plier devant le destin.

Je restai un peu songeur : « Mon Dieu, pensais-je, eh bien quoi ? La pauvrette a été "trompée" par un malandrin, qui s'est ri d'elle et l'a abandonnée. Peut-être même qu'un bébé lui est resté sur les bras ! Et après ? » Je dis :

- Non, Sultana, ne me crois pas si peu humain. Je le sais : le monde s'acharne sur la jeune fille. Moi, je ne pense pas comme le monde. Si c'est là toute ta faute, tous les griefs qui empêchent les autres de t'épouser, nous pouvons conclure nos fiançailles dans huit jours, pourvu que tu le veuilles comme moi.

À ces paroles, je la vis se redresser sur sa chaise. Ses yeux éclatants clignotèrent rapidement :

- Tes soupçons, Spilca, sont injustes : je ne suis fautive en rien ; je n'ai aucun reproche à me faire. À vingt-deux ans, je suis encore telle que ma mère m'a faite. Le mal est plus grand que si j'étais ce que tu supposes, plus grand même que si j'avais un enfant « des fleurs ».

J'attendis qu'elle me dît ce qu'était ce mal-là, mais elle se tut, ne me lâchant pas de son regard ouvert, limpide comme le ciel du mois d'août.

La tante vint nous appeler pour déjeuner. Sultana lui prit la main et cria de tout près :

– Tante ! Spilca me demande en mariage ; qu'en dis-tu ?

Le dos courbé, les cheveux blancs, le visage fortement éprouvé par la petite vérole, la vieille me considéra un instant avec pitié et répondit :

– Dommage !... Pauvre garçon... Il n'y a rien à faire... Qui oserait se mettre sur le chemin du *logofat ?*

– Qui est ce logofat ? demandai-je ; et de quoi s'agit-il avec lui ?

À cette question, la face de Sultana se voila d'amertume ; son regard se ternit. Encadré dans les cheveux lissés en arrière et tressés de manière à former une seule natte, son front blanc, serein, blêmit :

– C'est le logofat Costaki, fit-elle, oppressée ; tu as peut-être entendu parler de sa cruauté, de ses méfaits. Nous dépendons de lui comme tous les habitants : il peut nous laisser vivre ou nous tuer à sa guise. Et la jeune fille qui attire son attention ne peut pas lui échapper. Elle a le choix entre son déshonneur et la ruine de sa famille. J'ai eu le malheur de plaire à cette brute, il y a deux ans. Depuis, plus de repos. J'ai réussi jusqu'à présent à me défendre. Mais le danger est au-dessus de mes forces, car cet homme n'a ni cœur ni honte. Il est notre maître. Un jour ou l'autre, je serai devant le choix, à mon tour. Mon choix est fait. Pendant un temps, j'ai espéré dans un mari qui me protégerait. Personne n'ose affronter le tyran. On me considère comme une *pacoste*. Et contre ceux qui sont venus de loin, comme toi, pour m'épouser et m'emmener dans leur pays, un autre malheur s'est dressé : ma tante ne veut pas me suivre. Elle a tous ses morts enterrés ici, c'est parmi eux qu'elle veut reposer. Maintenant, Spilca, tu sais tout, sans connaître l'horreur en détail. Je te remercie pour tes bonnes intentions. Elles feraient mon salut. Mais, ainsi que la tante vient de le dire, il n'y a rien à faire. Je serais ton malheur. Et pourquoi l'affronter, quand je te dis que cela ne servirait à rien ? Je dois expier quelque blasphème. Eh bien, je l'expierai.

Les écueils dont le destin parsème cette mer qu'est notre vie déterminent nombre d'humains à vivoter dans de petites embarcations qui voguent prudemment près des côtes. Spilca –

« Spilca le ploutache » de la Bistritza - connaissait les écueils et s'en fichait. Et plutôt que de périr le nez dans une mare, il aimait mieux se faire déchiqueter par les vagues.

La façon dont on meurt ne m'est pas indifférente. J'ai mes préférences. Aussi, sans trop hésiter, j'allai, l'après-midi du dimanche suivant, affronter l'écueil que tant de voïnics craignaient.

La fière hora moldave battait sa cadence aux sons de trois instruments tziganes. Une trentaine de jeunes filles, dont Sultana. Une vingtaine de gars. On transpirait un peu, car le soleil dardait, mais cela ne faisait rien aux danseurs. Se tenant par le petit doigt et (pour plus de décence, pour satisfaire aussi les parents qui surveillent), en interposant encore entre soi un mouchoir brodé, la belle ronde s'élance vers son centre. Un voïnic crie : *sur place ! sur place !* Les petits pieds et les gros pieds frappent le sol d'une grêle, les pattes rudes entraînent les menottes tout en haut vers les têtes, en bas vers les genoux, puis le cercle se desserre dans un élan qui éloigne les corps, étire les bras, et voilà que la guirlande humaine court quelques pas sur sa droite, se relance plus longuement sur sa gauche. Tous les pieds frappent *sur place ! sur place !* On aspire une bouffée d'air et on recommence. C'est la hora roumaine. Pour l'aimer, il faut être roumain et paysan. Elle n'est pas compliquée, mais riche de sang généreux. De couleurs aussi, plus que l'arc-en-ciel. Fichus de borangic jaune ou blanc, selon l'espèce de ver à soie qu'on élève avec des soins maternels. Corsages et jupes de toile de lin, blanche comme la neige. Tabliers de velours ou de laine noire. Et de la broderie, et des dentelles, qui ont vu des larmes, qui ont entendu des soupirs. Les rires et les chansons n'ont pas manqué non plus, car on aime bien passer des larmes aux rires.

Belle, pas belle, ou laide, la jeune fille de la hora est toujours agréable aux yeux des garçons. Ils savent qu'elle est là pour chercher un mari, alors qu'eux y viennent plutôt pour chercher la femme, rarement l'épouse. D'où la grande attention portée aux gestes et aux chuchotements, par la mère de la petite. Les gars sont conscients de cette surveillance, et c'est l'explication du mouchoir qui sépare les mains, satisfait les parents et ne sert à rien, si ce n'est à rendre le désir encore plus violent.

Vêtu du *zaboune* brodé, culotté d'*itzari* blancs ajustés sur la cuisse, chaussé d'*imineï* astiqués, et coiffé du chapeau de feutre à la bordure large et aux rubans tricolores, le jeune homme est, tout d'abord, fier de son sexe ; il est *barbat* et se croit voïnic. Cela plaît beaucoup à la jeune fille, qui ne se croit que belle. À la sincérité prudente, un peu rusée, de celle-ci, il répond par une promesse imprudente, catégorique, mais qui ne lui coûte rien. Si ça prend, tant mieux. Sinon, il se plie à la loi, s'attelle au joug, fonde un foyer et devient gardien intransigeant des mœurs, surtout lorsqu'il est père de jeunes filles qui s'en vont à la hora pour y chercher un mari.

C'est toujours à proximité d'une cârciuma que les hora ont lieu. Et c'est naturel ; ça chauffe, il faut boire un verre. On boit par soif ou pour crâner, mais on boit toujours. Et pendant qu'on boit, on parle, pour dire quelque chose ou pour crâner encore. Seuls les grands vieillards aux crinières de neige, assis à l'ombre d'un noyer séculaire, boivent par souvenir, parlent par affection et contemplent, d'un œil lointain, les agitations d'une vie qui ne les passionne plus.

À mon arrivée, il y avait de tout cela. Aussitôt, des regards fouilleurs me firent comprendre que le village avait ébruité la nouvelle de mes fiançailles avec Sultana. Pour confirmer ce bruit, j'allai saluer ma future et sa tante, après quoi, tout seul à une table isolée sous les pruniers, je demandai une oka de vin et assistai paisiblement à la danse et aux conversations des buveurs devant le cabaret.

Je me trouvais assez loin de ces derniers pour que, favorisés par le tapage de la hora, ils pussent s'occuper de moi, toutefois assez près pour qu'une partie de leurs propos me parvînt aux oreilles. Ces propos n'étaient pas trop malveillants à mon égard. Certains affirmaient : « *il* viendra sûrement », « *il* le sait ». Ce *il* était le logofat Costaki, mon écueil, la terreur de la région. Je pensais : « Qu'il vienne ! »

Il vint. Un galop souleva un nuage de poussière sur la route et fit passer un frisson dans toute l'assistance. Les têtes, aussi bien celles des buveurs que celles des danseurs et des tziganes, se tournèrent vivement, avec des regards anxieux, vers le cavalier qui, en abordant la hora, mit son cheval à l'allure du *buiestru*. Tout le monde admira l'animal. Je l'admirai sincèrement. C'était un coursier digne d'un meilleur maître.

Petit, noiraud, des mouvements vifs comme le mercure, ce

maître jeta les brides sur le tronc d'un acacia coupé et s'élança parmi la jeunesse devant la cârciuma. Tous les chapeaux le saluèrent. Un groupe de préférés l'entoura immédiatement et le mit, sans retard, au courant de ma présence. Alors je me tournai pour le regarder en face, sans lâcheté. Je voulais le franc-jeu.

Le logofat, cabré sur ses jambes maigres, écoutait le débit des parleurs d'une oreille distraite et ne disait mot. De temps en temps, il jetait des coups d'œil furtifs dans ma direction, puis, soudain, j'entendis cette provocation, qui s'adressait à moi, sur un timbre rauque :

– Il faut casser les jarrets aux étrangers vadrouilleurs !

Pour toute réponse à ce défi direct, je me dirigeai vers la hora, qui venait d'entamer une nouvelle danse, séparai Sultana de l'amie qui lui donnait la main et me mis à danser entre les deux jeunes filles. C'était correct ; ce que fit le logofat le fut moins.

On sait qu'un garçon, en entrant dans la hora, ne doit jamais séparer un danseur de la main d'une danseuse qui l'agrée. À défaut d'une place entre deux jeunes filles, il ne peut entrer qu'entre deux hommes. C'est une règle absolue, respectée par tous ceux qui ne cherchent pas dispute. Le logofat Costaki crut bon d'y contrevenir à la stupéfaction générale. Au moment où je m'y attendais le moins, une main saisit mon poignet par-derrière du côté de Sultana. Je me retournai. La ronde s'arrêta. Les tziganes se turent. Blême, devant moi, le reptile me toisa d'un regard haineux et d'une voix étranglée :

– Tu permets que j'y entre ?

– Entre ailleurs.

– Je veux ici !

– Si tu veux ici, tiens !

Un coup de genou dans le ventre l'envoya par terre. Un gémissement de bête égorgée, et le vaillant s'évanouit. Personne ne vint à son secours. Le cabaret se vida. Les femmes s'enfuirent. Un vieux s'exclama :

– Ça, c'est une grosse histoire !

Je criai aux musiciens :

– À dimanche prochain ! Je vous engage pour jouer à mes fiançailles avec Sultana !

Et je pris le chemin de la maison de mon amie. Une mère qui conduisait son enfant se signa et dit :

– Que le Seigneur nous préserve du malheur !

Pendant toute cette semaine-là, il n'y eut sûrement point, sur la Bistritza, de ploutache plus heureux que Spilca. Le logofat ne s'était plus montré dans le village. Tous les soirs j'allais passer quelques heures avec Sultana, et tous les soirs elle se séparait de moi en me disant :

– Spilca, je ne crois pas au bonheur que nous rêvons... « Le chien » ne nous le permettra pas... Et je pense qu'un blasphème doit peser sur mes épaules...

Je la portais suspendue à mes yeux, je plongeais mon regard dans l'azur limpide de ses prunelles éclatantes, je baisais le front pur et je partais :

– Sois tranquille, Sultana ! Nous déciderons la tante à nous suivre loin d'ici, dans le district de Soutcheava, où est ma maison. Là-bas, nous serons heureux.

Elle souriait tristement :

– Tu ne connais pas l'emprise des morts sur les vivants qui les ont enterrés... La tante se laissera plutôt brûler vive que de quitter son cimetière.

Le dimanche de nos fiançailles, le cabaretier supprima la hora, par crainte du scandale. J'allai, après les vêpres, trouver les tziganes et leur dire de se tenir prêts pour le dîner intime qui suit la cérémonie de l'échange des alliances par le prêtre. Je fus accueilli plutôt amicalement. Les jeunes gens du village buvaient et parlaient sans animation. Une partie d'entre eux resta sur la réserve, mais d'autres vinrent me dire à voix basse que « toute la commune se réjouissait de la leçon reçue par le chien »...

– *Il* te craint. Vous autres, ploutaches et bûcherons, vous êtes une corporation forte d'hommes libres, alors que nous sommes asservis. Votre vie dure, sauvage, vous met à l'abri de la spoliation et du fouet ; nous... nous avons le collier autour du cou. Si le logofat veut nous donner, au printemps, un hectare de terre pour nos semences, nous devons nous considérer comme heureux, sinon, il faut aller faire des journées, et toujours chez lui. C'est pourquoi aucun habitant n'ose le contrarier. Nos plus belles filles passent d'abord par ses mains. Ensuite, c'est nous qui les épousons, parfois, le ventre rempli par lui.

Le soir, devant les deux tables réunies et couvertes d'une nappe éblouissante, une dizaine de parents et amis, outre le vieux prêtre, avaient les larmes aux yeux lorsque j'ouvris la boîte renfermant mes cadeaux de fiancé. La *beteala,* une *beteala* de trente bobines, coulait comme un ruisseau de feu autour du petit trésor reçu en héritage de ma pauvre mère et qui se composait d'une paire de boucles d'oreilles avec des diamants, de deux bagues précieuses, de deux bracelets incrustés de rubis et saphirs, et surtout, de la fameuse *salba,* qui comptait trois gros *leftes,* deux ducats impériaux autrichiens, quatre ducats vénitiens, quatre *poli,* six livres turques et dix galbeni.

Tous les assistants furent émus, sauf la tante, qui pensait à ses chers morts, et ma fiancée, qui ne croyait pas au rêve de notre bonheur. Sultana, vêtue de blanc, promenait un regard fixe de la boîte à cadeaux à mes yeux rieurs, telle une colombe mal apprivoisée. Chacun s'évertua à chasser ses mauvais pressentiments. Le prêtre prononça une ardente prière et bénit notre projet d'union. Au dîner, on plaisanta. Les tziganes jouèrent et dirent des plaisanteries. La marraine obligea Sultana à exhiber sa dot. Elle le fit machinalement. Des femmes gaillardes se jetèrent sur les sendouks : chemises de jour et de nuit brodées, serviettes, taies d'oreiller, draps, nappes, essuie-mains furent tirés, éparpillés dans la chambre. Sultana eut tout juste la bonté de sourire de temps en temps.

Vers minuit, en partant, je demandai à ma fiancée :

- Pourquoi, Sultana, toutes ces idées noires ?

- Ce ne sont pas des idées noires, Spilca ; *je sais* que je ferai ton malheur. *Je le vois venir.*

Je la serrai fortement sur ma poitrine. Elle s'y blottit avec tendresse. Une larme brûlante me glissa sur la main. Puis, la brise parfumée d'odeur de sapins et la nuit tiède de cette fin d'août enveloppèrent mon chemin.

La seconde quinzaine de septembre avertissait les pauvres que l'hiver serait hâtif et dur, quand, par un après-midi froid, pluvieux, j'arrivai dans une commune située à dix kilomètres du village de ma fiancée. Je brûlais de la revoir après une absence de six jours. J'étais chargé de toutes sortes d'achats en vue de la noce fixée au premier dimanche d'octobre. Pendant ce mois écoulé, Sultana n'avait point changé d'attitude. Prudence, sévérité, manque d'élan, froideur presque, dans toutes ses actions. Si je n'avais pas été certain de sa sincérité et de son attachement, je l'aurais accusée d'indifférence. Mais j'étais sûr qu'elle souffrait. Elle ne voulut pas tenter une seule parole pour décider la vieille à quitter le pays. Tous mes efforts auprès de la tante furent vains ; la malheureuse obstinée ne parlait que de ses morts. Je m'y étais résigné, en espérant la fin de ses jours, qui ne devait pas être bien éloignée.

Un fait, que je jugeai réjouissant, était la disparition du logofat. Depuis le jour où il avait reçu le coup dans le ventre, personne ne l'avait aperçu. On le disait malade. Certains prétendaient que la peur le tenait éloigné. Seule Sultana était convaincue que « le chien » ourdissait une vengeance redoutable.

– Je crains tout, mais je ne suis certaine que du malheur ; de quelque côté qu'il vienne, je sais qu'il frappera notre bonheur et que ce sera toi qui en pâtiras le plus.

Ç'avait été les paroles sur lesquelles je m'étais séparé de Sultana le dimanche précédent. Nous ne devions plus nous revoir que le samedi de la semaine suivante. Un gros transport de bois sur la Bistritza, un règlement de comptes embrouillés au terminus de mon voyage, ainsi que l'achat de certains articles difficiles à trouver, m'obligeraient à cette longue absence.

Maintenant je remontais le pays en côtoyant la rivière. J'avais faim. J'étais fatigué. Deux cierges géants, pesant chacun trois okas de cire et qui devaient être allumés à la cérémonie religieuse du mariage, m'accablaient outre mesure. Jamais les poutres portées sur mes épaules ne m'avaient autant pesé. Il est vrai que le souci de ne pas les casser était pour beaucoup dans ma fatigue. Quoique je fusse peu superstitieux, cette pesanteur me devint suspecte. Je me rappelai une croyance de ma mère : le cierge de mariage qui « se fait lourd » est signe de malheur ; celui des deux époux qui aura son cierge le plus consumé pendant la cérémonie mourra le premier. Et me voilà prêt à écouter je ne sais quelle voix intérieure. Pour chasser ce flot d'idées noires, je fis halte dans ce village : prendre du repos, casser la croûte, m'égayer un peu. Justement le cabaretier m'était connu par sa gaieté. Allons ! au diable les superstitions !

Oui, au diable ! Seulement, il arrive parfois dans la vie que ce qui se passe autour de vous n'est pas fait pour les chasser.

J'ouvre la porte du cabaret. Dedans, six paysans et le patron. Tous les sept étranglent leur conversation et deviennent muets dès qu'ils m'aperçoivent. Cependant, j'en avais entendu un qui disait :

- Pauvre garçon ! C'est lui qui est à plaindre !

Je dépose mon sac, mes cierges et je demande :

- Qui est à plaindre ?

Le cabaretier s'avance, gaillard :

- Bonsoir, Spilca ! Ça va ?

- Ça va, Laké, dis-je, mais qui est à plaindre ?

- Bah ! Un petit malheur arrivé dans la contrée : la femme d'un cojane vient de se casser la jambe. Maintenant, c'est lui qui doit faire le travail de sa femme.

Je pense : hum ! pourquoi les autres n'ajoutent-ils rien ? Et pourquoi regardent-ils si drôlement les cierges couchés sur la longue table ?

- Qu'est-ce que vous avez à tant regarder ces cierges ? Cierges de mariage ! On dirait que vous n'en avez jamais vu !

- Ils sont gros, fait un paysan, évitant de rencontrer mes yeux.

- Oui, gros...

- Et lourds, peut-être.

- Très.

Ils ne disent plus rien. J'essaie d'avaler un peu de pain, de boire une gorgée de vin. Ça ne veut pas descendre. Je me lève et je pars.

Dehors, c'est presque la nuit. Je suis reposé, mais les cierges sont de nouveau lourds. Je change sans cesse de bras sans résultat. Et encore deux lieues jusqu'à la maison. La route est solitaire et détrempée. Mes oreilles sifflent, tantôt l'une, tantôt l'autre, signe que quelqu'un parle de moi. Je sors mon couteau à cran d'arrêt, je l'ouvre et le laisse pendre contre ma cuisse droite. Mais comme c'est fatigant de tout le temps épier autour de soi ! Le couteau, suspendu à sa courroie, me tape la cuisse à chaque pas que je fais. Il me semble qu'il va creuser un trou à cet endroit. Je le ferme et le remets à la ceinture. Juste à ce moment, dans la nuit noire, un bouc, tout aussi noir, surgit à deux pas de moi, traverse la route et disparaît. Et quoique je sache bien que c'est un bouc comme tous les boucs, un vrai, que son propriétaire cherche partout, je me dis, tout haut :

- C'est le diable !

Je lève la main droite pour me signer. La main est lourde comme du plomb. Je pense : « C'était le diable ! C'est lui qui m'empêche de me signer ! Et ces cierges qui deviennent pesants à ne plus savoir comment les tenir ! »

Je veux rouvrir mon couteau, mais je ne peux pas, mon pouce est trop faible pour vaincre la résistance du ressort.

Encore un signe de la présence de l'Impur ! Et la nuit est si noire que j'en ai mal aux yeux.

Enfin, je pose ma besace à terre, j'appuie les cierges debout contre un arbre de l'allée. Alors je m'aperçois que j'ai pris un faux chemin, parallèle au bon ; les arbres sont de jeunes peupliers, droits et presque aussi nus que des cierges. Encore des cierges ! Toute une allée ! De tristes cierges, éteints et noirs.

- Non, me dis-je, cette nuit, c'en sera fait de ma vie ! Je ne mourrai pas déchiqueté par un torrent comme un brave ploutache ; je mourrai de frayeur, comme une *baba !*

J'arrive, tout de même, à rouvrir mon couteau et à me signer trois fois. Je reprends tout le chargement. Et me voilà pataugeant dans la boue d'un champ que je coupe pour rejoindre mon chemin. Soudain, deux yeux luisent et s'avancent vers moi. Je sens mon cœur s'arrêter. Besace et cierge m'échappent. Je hurle :

- Mama-a-a !

Un *bé-é-é !* me répond. Les yeux luisants disparaissent.

Tard dans la nuit, j'arrive couvert de boue et transpirant. La maison de Sultana est très éclairée, beaucoup de cierges brillent. De loin, je vois la tinda ouverte et bondée d'habitants.

- Ça y est, je dis, la tante est morte ! Maintenant je sais pourquoi tous ces signes de malheur sur mon chemin !

Je ne savais rien du tout, car la vieille était là, debout, dans la grande chambre, s'occupant, les yeux secs, à fignoler la toilette de ma fiancée qui, elle, était couchée sur les deux tables aux nappes éblouissantes, toute parée de ses effets de mariage, plus belle que jamais dans ce cadre de cierges aux flammes vacillantes éclairant son visage pâle, blanc, tiré par les griffes de la mort. Les longs cils blonds ne papilloteraient plus. Je ne devais plus revoir les yeux clairs et francs. La guirlande de citronnier couronnait son front blême, sur lequel je pensais pouvoir, le dimanche suivant, déposer, devant l'autel, le baiser sacré. La chevelure, défaite et partagée en deux, coulait le long du corps rigide, se mêlant et se confondant avec la beteala aux fils d'or. Entre les mains, posées sur la poitrine, le mouchoir avec les monnaies exigées des morts par les « douaniers » qui leur ouvrent les portes de l'au-delà. Par-dessus, le linceul.

Et moi, Spilca, je reste debout, sur le seuil, et je regarde tout cela, comme les autres.

– C'était écrit, me dit la tante ; d'ailleurs la pauvrette le savait. Elle s'y attendait. Et avant-hier soir, pendant qu'elle ramassait le foin, toute seule, dans le champ, *il* est venu, à l'improviste, l'a traînée dans le bois et « s'est ri d'elle ». Ma petite Sultana n'a pas pu supporter l'offense. La nuit, sais pas comment, elle a fait fondre le phosphore de huit boîtes d'allumettes, et a bu le poison. Elle est morte hier au soir, après les vêpres, sans vouloir prendre du lait pour vomir. C'était écrit... Du moins, elle reposera aux côtés de ses parents. Ils l'appelaient à eux, peut-être. Les morts n'aiment pas à rester seuls.

Là-dessus, la vieille prit les cierges de mariage, les dépaqueta, les alluma et les plaça à la tête de Sultana, dont la face de cire devint encore plus blanche quand les deux grosses flammes éblouirent la chambre. Puis, s'agenouillant, elle prononça, d'une voix ferme : *Notre Père qui es dans le ciel, que Ta volonté soit faite...*

Tous les paysans l'imitèrent. Je fus seul à rester debout, à ne rien dire, à regarder ma fiancée inondée de lumière.

Depuis six jours je vivais, comme une bête sauvage, dans la forêt épaisse qui avoisine le *konak* seigneurial du domaine de la basse Bistritza, où régnait en maître le logofat Costaki, le bourreau de Sultana, de tant d'autres. Il n'y avait pas moyen de l'apercevoir. Je ne sais pas si je mangeais, si je buvais, si je prenais du repos. Je sais que mes vêtements étaient en loques ; mains, pieds et visage, tout ensanglantés, à force de courir jour et nuit d'une route à l'autre, à travers fourrés.

Ces parages étaient assez éloignés du lieu du crime ; le logofat ne les craignait point. C'était le bois où il revenait de ses randonnées d'inspections forestières, toujours seul et à cheval, toujours armé de pistolets. Je n'avais, pour toute arme, que ma haine, mon sang bouillonnant du désir de vengeance. Mon couteau ne m'aurait pas servi à grand-chose. Pour faire tomber l'homme dans mes mains nues, j'avais une corde, que je tenais prête à tendre d'un arbre à un autre.

Le sixième soir était la veille de ce premier dimanche d'octobre où je devais célébrer mon union avec Sultana. Au lieu de me trouver dans la fièvre du plus réjouissant jour de la vie, je me trouvais dans un fossé, la corde à la main, l'oreille braquée, sans âme, sans Dieu, sans espoir. Il y avait des moments où je ne savais plus qui j'étais. Un cri ou le battement d'ailes d'un oiseau nocturne me remettaient le cerveau d'aplomb. Alors, ma première idée, mon seul désir, c'était *lui*. Je l'imaginais approchant au trot ou au galop. La corde, tendue au niveau des genoux du cheval, recevait le choc. La bête culbutait. L'ennemi, dans mes mains. Je lui sautais dessus. Quelle mort atroce je lui préparais :

– Ah, Seigneur ! Si tu existes, et si tu vois l'injustice, laisse-moi boire ce verre d'eau fraîche ! Puis, j'irai revêtir le froc, je ne vivrai que pour chanter tes louanges !

Ainsi j'ai prié ce soir-là, et Dieu exauça ma prière.

L'endroit que j'avais choisi pour l'exécution de mon dessein était le plus propice. La route, avant de devenir plane et de permettre à un cavalier de s'élancer, décrivait plus haut un lacet rapide, étroit, et rendu peu praticable par un ruisseau. Ici, l'homme à cheval était obligé de descendre et de marcher sur un parcours de deux cents mètres environ. C'était pendant ce temps que je pouvais le reconnaître dans l'obscurité, pour ne pas assommer un innocent, quoique je fusse certain que le seul cavalier qui fréquentât ces parages était le logofat.

Par le crépuscule nuageux qui descendait doucement sur la forêt de chênes, j'écoutais, tapi dans ma fosse, le murmure du ruisseau, quand l'élan d'un trot se brisa nettement sur l'obstacle. Le cavalier sauta à terre. Le cheval éternua. Je bondis, le cœur affolé de joie. En quelques enjambées, par des raccourcis pénibles, je tâchai de m'approcher assez pour distinguer la taille courte de mon ennemi, mais l'homme était entièrement masqué par sa bête, qu'il laissait aller toute seule, se tenant du côté opposé au mien. La nuit devenait plus complète à mesure qu'on s'avançait dans le fourré d'arbres géants. Il me fallait donc à tout prix le reconnaître ici. Sorti de ce chemin obstrué, il m'échappait. Que faire pour le retarder ? La moindre imprudence de ma part m'eût été fatale.

« Mon Dieu, pensai-je, serais-tu le protecteur des bourreaux ? »

Et vite, je cassai une branche sèche. Le craquement arrêta homme et cheval. Un moment ils restèrent figés sur place, sans changer de position, puis reprirent la descente. Je n'étais pas plus avancé. Alors, tout en les suivant de près, je traversai le sentier derrière eux. Mais ce retard leur permit de s'éloigner. Je perdis la tête, mis deux doigts dans la bouche et lançai un sifflement puissant. Un coup de pistolet fut la réponse. Un juron suivit. Je reconnus la voix du logofat.

Jamais homme ne fut plus heureux dans le malheur que moi en cet instant-là ! Comme un tigre, je courus en bas de la route et la barrai avec la corde, tendue de toutes mes forces décuplées par la haine.

Les secondes me semblèrent des éternités, la nuit, un enfer. Et voilà qu'au cours de cette attente, noire comme ma haine, j'entends mon ennemi venir à pied. Il ne monte pas, il avance à tâtons, traînant le cheval par la bride, le pistolet, sûrement, prêt. Dieu sans cœur, cela je ne l'avais pas prévu ! Il va découvrir ma corde. Adieu, vengeance !

J'enlève la corde et me jette, face à terre, en travers de la route.

– Tiens, logofat : décharge ton pistolet dans ma tête, envoie-moi rejoindre Sultana ! Mais si tu ne réussis pas ton coup, malheur à toi !

L'oreille collée au sol, j'écoute le pas cadencé du cheval qui s'approche, puis je distingue celui de son maître. Mon bras me couvre le visage. Je ne veux plus rien voir. Je ne respire plus. Je vis la seconde du supplicié qui, le cou sur le billot, attend que le glaive s'abatte. Ce n'est pas la mort que je redoute, mais la fuite soudaine du logofat.

Il arrive et s'arrête. Un pas, deux pas...

Sa main saisit la mienne. Il me soulève le bras et dit :

- Hé là ! Es-tu mort, blessé, ou seulement soûl ?

Je ne réponds rien, mais d'un bond je lui enlace bras et corps, je le serre, face à face, haleine contre haleine, tous deux à genoux, pendant qu'il crie au secours, pendant que ses os craquent, que sa voix s'éteint. Son buste se casse comme une branche et se replie sur le dos.

Le monastère Pantélimon du mont Athos : une caserne fortifiée qui renferme six cents moines. Il a été fondé par l'impératrice Catherine II de Russie. Le jour de son inauguration, elle ne fut pas admise à mettre le pied sur cette terre d'où le sexe féminin est proscrit jusque chez les animaux, les volailles.

C'est une caserne. Il y a des canons pour la défense du staretz, de son état-major et de leurs richesses. Il y a des soldats en froc, qu'on nomme des « frères », mais qui tremblent devant les supérieurs comme tous les soldats. Celui qui est bête et croyant, tel que j'étais, coupe le bois, attrape le poisson, prépare l'huile et les olives, cultive la vigne, engraisse les chapons, prie pour lui et pour les intelligents qui discutent sur l'existence de Dieu, qui mangent tout, boivent tout et déchargent leur virilité à Karea, où il y a des femmes discrètes, ou bien entre eux, en franche camaraderie. Ceux qui ne peuvent pas faire comme ces derniers se mortifient dans la solitude pieuse. Tous aspirent au pardon du Rédempteur, qui, lui, l'accorde à tous, car il est crucifié.

C'est là-bas que je suis devenu haïdouc !

Movila le vataf

- Movila, le vataf !

- J'écoute, capitaine !

- Parle...

- Moi ?

- Oui, toi... Tu es de notre état-major. Pourquoi es-tu devenu haïdouc ? Parle, en ton nom, au nom de nos compagnons, dont tu es plus près que nous et qui sont plus près de toi que de nous. Ton histoire doit être à peu près la leur. Parle, Movila...

Un murmure de contentement remua les rangs des haïdoucs devant cette marque d'attention de notre capitaine. D'un mouvement de la tête, ils rejetèrent leurs caciulas sur la nuque. Les visages s'épanouirent. Movila se leva, un peu timide, un peu gauche, mais assez impressionnant par la beauté, purement roumaine, de sa figure basanée, son regard dur, ses riches sourcils allant d'une oreille à l'autre, son menton vibrant d'énergie et très mobile. Impressionnant, notre vataf, surtout par cet énorme nez, qui, au moment du danger, se dilatait et se levait en l'air comme une trompette. Il riait rarement, au-dessus de ses moustaches touffues. Son front était marqué, entre les sourcils, par un pli profond qui persistait pendant le sommeil même, ce qui faisait dire aux haïdoucs que Movila rêvait sans cesse de potéras et de vengeances. Vraie ou fausse, cette affirmation laissait l'intéressé impassible. Ce à quoi il rêvait, ce qu'il pensait, nul ne se targuait de le savoir. Ponctuel, réservé, obligeant, Movila ne donnait son avis qu'après avoir été assuré qu'il « ne parlerait pas au vent ». Pour ce qui était de se livrer à des confidences, il eût aimé plutôt se charger de toute la lessive de notre troupe, corvée pénible qui rendait tous les gars de mauvaise humeur.

La curiosité n'en fut que plus forte lorsqu'il commença son histoire.

Récit de Movila le vataf

Je suis devenu haïdouc malgré moi.

À Stanesti, près de Giourgiou, où je suis né, nous étions des *mosneni.* Mon père avait hérité de ses parents plus de trente pogons. Bétail, vigne, arbres fruitiers, *patules* regorgeant de maïs, basse-cour, rien de ce qui fait le bien-être d'une petite *gospodaria* ne nous manquait. Cela venait de ce que mes grands-parents avaient eu le bonheur de se trouver les voisins d'un seigneur comme on en rencontre rarement sur la terre. Ce boïar, dignitaire influent du pays, je l'ai connu moi-même vers ses derniers jours, alors que j'avais environ quinze ans. Il était bon et craignait Dieu. Quoique appartenant à la *protipendada,* descendant d'un ancêtre qui s'était battu sous Mircea le Vieux, il se faisait un plaisir d'entrer dans la chaumière du cojane, de s'entretenir avec lui, de connaître sa famille, ses enfants, qu'il baptisait par douzaines chaque année.

Je suis son filleul. Movila était le nom d'un sien frère, mort du choléra. Il m'aimait, j'ose le dire, comme son fils, car je ressemblais à l'image et au caractère de son frère. Nous allions tous, gamins et gamines, filleuls ou pas filleuls, lui souhaiter bonne aimée avec la *sorcova.* Il nous recevait tous, belle figure empreinte de noblesse et de bonté. Toute la marmaille lui sautait dessus et le tapait avec la sorcova, en criant comme des petits chiens affamés :

Sorcova, morcova,

Que tu vives, que tu vieillisses

Comme un pommier, comme un poirier,

Comme une tige de rosier

À de nombreuses autres années !

Au milieu de ce tapage, dans son vaste vestibule tout sali par nos opincas chargés de neige, il se tenait debout, droit comme un chêne, levait les bras au ciel, se défendait, en plaisantant, contre cette avalanche de souhaits et criait à son tour :

- Moi aussi, mes enfants, je vous souhaite une bonne santé, du bien-être, et de longues années à vivre !

Puis, appelant son *kélar :*

– Veux-tu bourrer les sacoches de ces petits avec des noix, des caroubes, des craquelins ?

Enfin, assis sur son divan, il nous faisait défiler l'un après l'autre, nous caressait et nous mettait, dans nos menottes gelées, un galben d'or, son cadeau de Nouvel An.

Ce galben n'était pas une rareté dans les familles de cojanes de cette époque-là. Néanmoins, chaque paysan le conservait comme une relique.

J'ai vu ce cœur généreux s'intéresser à la vie intime et privée du paysan. Il ne supportait pas l'homme qui boit par vice, mais savait beaucoup pardonner. Aussi, lorsqu'un habitant se ruinait, il accueillait la malheureuse épouse, lui donnait un bon lopin de ses terres, un peu de bétail et l'outillage nécessaire pour se refaire une gospodaria. Aux cabaretiers, il faisait une guerre sans merci. Les dettes que les paysans contractaient chez eux, il les annulait d'autorité. Et si quelqu'un de ces oiseaux de proie se livrait à la spéculation illicite, il lui envoyait le *moumbachir,* qui lui frappait la plante des pieds avec le terrible *topouz.*

Peu avant sa mort, ce grand seigneur vint nous faire une visite, la dernière. Nous fêtions le premier anniversaire de naissance du seizième enfant de la famille, tous les seize vivants. C'était son filleul, et, selon l'habitude, mon père l'avertit qu'on allait mettre pour la première fois les ciseaux dans la chevelure de l'enfant, honneur réservé aux parrains. On l'avait averti, par devoir, mais on ne l'attendait pas, vu ses multiples occupations. À notre grande joie, une estafette arriva au galop et nous fit savoir que le boïar tenait à couper lui-même les cheveux de son filleul.

La fête fut double. Ma mère, aidée de ses quatre grandes filles, mit en batterie tout un arsenal de cuisine et de parure. L'heureux mioche fut lavé, peigné, vêtu comme une poupée, et mouché jusqu'à la dernière minute. Son parrain arriva, chargé de riches cadeaux. Il fut reçu comme un *Voda.* Père lui présenta sa collection de six filles et de dix garçons, dont l'aîné avait vingt ans, le dernier étant dans les bras de sa mère. Deux sœurs et deux frères étaient jumeaux. Douze des seize étaient les filleuls du seigneur.

À table, ma mère fut si heureuse qu'elle balbutia des bêtises, marcha sur le *caftan* du boïar et renversa son verre. Le brave homme dit alors ces paroles, qui me sont restées dans la mémoire :

– Ne perdez jamais la tête devant un mortel, quel qu'il soit. Boïar ou *opincar,* nous sommes égaux dans l'autre monde. Sur la terre, l'un vaut l'autre. Et si « Pierre » tient le sceptre, alors que « Paul » se plie sous le joug, ce n'est pas parce que Dieu le veut, mais parce que l'homme le veut, l'homme qui est injuste, cruel et avide. Contre cet homme, nous devons, au prix de notre vie, nous révolter et l'écraser, car la méchanceté n'est pas l'œuvre de Dieu.

De ces paroles j'eus lieu de me rappeler, pas plus tard que le mois qui suivit la mort de ce seigneur. Son fils unique et héritier vint de l'étranger prendre possession de ses biens. Il fut l'homme injuste, cruel et avide dont parlait le feu boïar.

Lors de sa première visite dans les communes, nous ne savions à qui nous aurions affaire ; nous le reçûmes avec tous les honneurs dus à l'héritier d'un père que tout le monde regrettait. Il passa, dédaigneux, dans sa voiture, nous tint à distance, ne parla même pas aux vieillards, encore moins leur donna la main, comme faisait son père. Accompagné d'un *ispravnic,* il se borna à lui demander des renseignements sur l'avoir des habitants et à les marquer sur son calepin. Le résultat fut le doublement du *haraciu* en or que chaque chef de famille payait au pacha de Roustchiouk.

Ce haraciu était devenu une tradition : on le payait de père en fils. Le vieux boïar ramassait notre quote-part, la doublait de la sienne et envoyait le tout au tyran de l'autre côté du Danube, pour qu'il nous fichât la paix. De cette façon, nous n'avions jamais connu les vandalismes et les déprédations qui désolaient d'autres pays danubiens, faute de s'être acquittés envers le potentat.

Il était entendu qu'aucun boïar ne payait le haraciu, ni l'impériali, ni le national, non plus qu'aucun autre impôt. On savait qu'ils étaient exemptés de toute charge fiscale. Mais du moment que notre riche protecteur s'était, de son propre chef, chargé de la moitié du haraciu, les paysans avaient pris cette générosité pour un acte de justice élémentaire, car, à vrai dire, pourquoi celui qui possédait trente *pogons* de terre devait-il payer tous les impôts, et celui qui en possédait trente mille n'était-il pas tenu à verser un sou à toutes ces *haznas,* grosses ou petites ? C'est ce que pensait l'homme équitable qu'avait été l'ancien propriétaire ; aussi l'existence heureuse de nos parents s'était-elle étendue jusqu'aux tziganes esclaves qui travaillaient sur les terres du maître. Ces pauvres diables eux-mêmes, quoique achetés et vendus comme du bétail, étaient traités humainement. Le boïar punissait sévèrement quiconque abusait de leurs forces ; il veillait à ce que leur nourriture fût saine et suffisante ; aux jours de maladie, il leur faisait crédit. Et cela me rappelle une scène particulièrement émouvante.

Une épidémie de fièvre sévissait depuis quelque temps. Un jour, allant au konak pour emprunter une grosse herse, je surviens au moment où le boïar passait en revue l'état de ses esclaves. Naturellement, vu l'épidémie, la plupart des tziganes s'étaient portés malades. Pour pouvoir les attraper, le logofat avait imaginé un procédé qui ne manquait jamais son effet : il leur offrait de l'eau-de-vie à boire, sachant que « le tzigane ne cesse de boire que lorsqu'il est mort ». Les faux malades tombaient dans le piège, buvaient et étaient envoyés au travail. Mais devant le propriétaire, le logofat n'osa pas appliquer son procédé. Un tzigane à l'air hébété s'ensoleillait, la tête entre les mains. À notre arrivée, il se jeta aux pieds de son maître, qui lui demanda :

- Qu'est-ce que tu as ?

- Je suis malade, monseigneur !

- Il n'est pas malade, il feint, dit le logofat.

- Je feins ? s'écria l'esclave ; eh bien, donne-moi du *rakiou* à boire et tu verras que je ne le boirai pas !... Quand je te dis que je suis malade !

La sincérité de cette preuve suprême émut le propriétaire :

- Veux-tu que je te fasse libre ? proposa-t-il au tzigane.

- Libre ? fit celui-ci, navré. Tu me chasses, maître ? Et où aller ? *Sauter du lac dans le puits ?*

S'éloignant, le boïar hocha la tête et dit, comme pour soi-même :

- Nous sommes une triste chose : un animal rendu à la liberté se débrouille ; une créature humaine doit se revendre !

Voici l'homme auquel dix communes, et même tout un département, devaient leur prospérité, à une des époques les plus douloureuses qu'ait traversées notre pays. Ce boïar fut un des derniers qui méritèrent le nom de *Roumain*. Il aimait sa nation, vivait dans son sein, prenait part à ses joies et à ses souffrances.

L'héritier ne marcha pas dans la voie de son père. Il nous jugea trop heureux. Quoique riche à pouvoir « manger l'or à la cuiller », son avidité ne se trouva pas satisfaite. Étranger de cœur et même de langue (il la parlait péniblement), pourri par la vie dépravée qu'il avait menée en Occident, il suivit l'exemple de ceux, Roumains ou étrangers, pour lesquels le paysan n'était qu'une bête de somme.

À l'alarme causée par le doublement du haraciu, les vieux conseillers de la région se rassemblèrent dans la maison du prêtre de Stanesti. Je m'y trouvais, jeune homme encore imberbe, et je les vois, comme si c'était hier, avec leurs visages graves encadrés d'une chevelure blanche qui se déversait sur de larges épaules. Ils nous déclarèrent aussitôt que les temps de paix et de bonheur étaient révolus :

- Vendez le bétail ! N'ensemencez plus que le nécessaire ! Construisez de grands chars à *coviltir* comme ceux de nos ancêtres et tenez-les prêts à être attelés de quatre bœufs robustes, chargés de vos familles et de vos objets précieux. Vous allez, vous autres jeunes, reprendre les chemins de la montagne. Ceux qui resteront seront menés en esclavage. Nous, les vieux, nous irons dans le repos éternel ! Que la volonté du Seigneur soit faite !

La volonté du Seigneur fut faite : le nouveau propriétaire afferma ses domaines à un Grec, qui devint le fléau du département. En moins d'une année, toutes les autorités locales, composées d'hommes du pays, furent remplacées par une nuée de *Phanariotes* plus avides de sang que les punaises des maisons abandonnées. Ce fut comme une pluie de sauterelles sur une moisson. Des figures livides aux yeux injectés surgissaient chaque jour devant la porte, balbutiant un roumain incompréhensible, épouvantant les femmes et les enfants. Toujours accompagnés de *léfédjis* armés, toujours munis d'une ordonnance du prince, ces charognards parcouraient les communes et exigeaient le paiement de toutes sortes d'impôts nouveaux : sur le gros et le menu bétail ; sur le vin et les spiritueux ; sur l'hectolitre de blé. Puis, tour à tour, sur les arbres fruitiers, la pêche, la chasse, les vers à soie, les abeilles, les lainages, les huiles,

les fenêtres et les cheminées.

Le bétail disparaissait en plein jour. Les potéras firent leur apparition, soi-disant pour donner la chasse aux voleurs. Il fallut les héberger et les nourrir. Nos plus belles filles furent violées par ces brutes. Nous envoyâmes des plaintes au Divan. Les plaignants eurent les os broyés sous le topouz.

Alors, nous apprîmes que la terreur qui venait seulement de se déchaîner sur notre département était depuis longtemps la loi générale de tout le pays roumain, qu'il fût gouverné par des Grecs ou par des Roumains. Si nous ne l'avions pas connue plus tôt, cela était dû aux efforts et à l'autorité morale du feu gospodar. Son fils, devenu membre du Divan, trafiquait du sang et de la sueur de sa propre nation, vendait les places aux enchères et laissait main libre aux acheteurs pour se dédommager. Bien mieux, son fermier, d'accord avec lui, passa la charrue sur nos propriétés, se moquant de nos bornes et de nos chartes. Il savait qu'aux réclamations que nous enverrions au Divan, son complice répondrait par le topouz.

Au bout de trois ans, notre *judetz* était devenu méconnaissable. La terreur, à elle seule, fit plus de ravages que l'épidémie, la sécheresse, l'incendie et l'inondation. Les habitants coupèrent et brûlèrent presque tous les arbres fruitiers. Les oiseaux chanteurs et les cigognes disparurent. On n'entendait que le bourdonnement des abeilles. On ne voyait plus les grands lits blancs couverts de milliers et milliers de vers à soie, en train de grignoter des feuilles de mûrier. Disparus, les troupeaux de vaches qui rentraient le soir du pâturage. Plus de noces joyeuses qui duraient huit jours ; plus de baptêmes, où les passants mêmes étaient invités à partager le dindon rôti et le bon vin ; plus d'aumônes ! Les inoubliables nuits de septembre de notre enfance, qu'on passe à griller des épis de maïs vert et à écouter la cigale, devinrent des veillées funèbres. Sa chère terre une fois perdue, sa famille déshonorée, le paysan le plus raisonnable se livrait à la boisson, passait son temps dans les innombrables cabarets, surgis comme champignons après la pluie. Le topouz, autrefois destiné aux spéculateurs seuls, écrasait chaque semaine les membres d'un habitant insolvable ; l'homme pouvait traîner le reste de son existence sur des béquilles. D'autres étaient pendus par les jambes, la tête en bas, et fumés avec des piments rouges jetés sur la braise. On mettait des œufs cuits sous les aisselles. On pinçait le bout des doigts, on enfonçait des épines sous les ongles.

Notre famille fut réduite de moitié. Comme nous étions censés riches, l'*urgia* païenne se jeta sur nous avec la violence des vandales. Mon père expira sous le topouz, supplice aggravé de l'asphyxie aux piments. Mes trois frères aînés furent tués en voulant défendre leur père. Deux sœurs disparurent un jour sans laisser de trace. Deux autres, ravies et violées, rentrèrent à la maison six mois après, pour tomber malades de phtisie et ne s'en relevèrent plus. Le cadet se noya par accident. Ainsi, je devins l'aîné de la famille, à vingt ans, entouré de cinq frères, deux sœurs et d'une mère qui n'arrêtait plus de pleurer jour et nuit.

À ce moment arriva, enfin, le plus grand de tous les malheurs qui puissent frapper le Roumain, malheur que tout le monde attendait, d'ailleurs, et qui fut provoqué par le non-paiement du haraciu au pacha de Roustchiouk : les hordes turques, lâchées par le tyran, envahirent le pays.

Vous savez que le paysan roumain a beaucoup du chien. Recevoir des coups de pied, rester des journées sans manger, cela ne le désespère pas, pourvu qu'on lui laisse son foyer. Ce foyer peut bien être froid, désolé : maison sans fenêtres, cour sans clôture, destin sans pitié, il reste, tourne autour, bricole, espère. C'est sa niche. Mais le jour où le sort l'oblige à se séparer de ce nid à souvenirs et à s'en aller par le monde – même par le monde de sa langue –, alors c'en est fait de sa foi dans le Dieu de ses ancêtres.

Un triste matin d'avril, où manquaient les vastes champs labourés et l'alouette, un homme, tête nue et loqueteux, arriva au galop de son cheval et clama aux populations :

– Chrétiens ! Fuyez ! Fuyez vite ! Depuis le lever du soleil, les Turcs passent le Danube devant Zimnicea et se dirigent vers nous. Sur la route, ils ramassent tout ce qui se trouve encore, tuent les hommes, déshonorent les femmes, brûlent les maisons ! Portez cette nouvelle plus loin et fuyez ! Je retourne chez moi. Malheur à celui qui ne se trouvera pas parmi les *béjénari* avant la tombée de la nuit !

Le désespoir des paysans n'eût pas été aussi grand si on leur avait annoncé que les vagues du Danube, hautes comme la maison, venaient pour les engloutir. Les femmes coururent à leurs enfants. Les hommes levèrent les poings au ciel :

- Seigneur miséricordieux ! Quel forfait avons-nous commis pour que tu nous envoies ce comble de malheur !

Les cloches de l'église se mirent à tinter sans arrêt : glas plaintif d'enterrement, qui se mêlait aux cris des femmes, aux pleurs des enfants, aux malédictions des hommes, aux aboiements des chiens alarmés par l'affolement de leurs maîtres. On tuait les pourceaux et les volailles pour en faire des provisions. Dans de grosses marmites, furent bouillies les mamaligas de *béjénie,* contenant peu de sel, pour éviter la soif, sur Dieu sait quelles routes sans eau. En les préparant, les femmes y mêlèrent beaucoup de larmes salées.

Bien des foyers n'avaient plus de mâle, ou bien il était estropié. Nous dûmes aller à leur secours, et aider les femmes aux chargements. Les plus heureux dans ce malheur furent ceux qui n'avaient ni char, ni bêtes, ni avoir pour le charger. Ils prenaient la besace et le bâton.

Le village présentait un aspect unique dans la vie de notre génération. Toutes les maisons se vidaient, comme devant l'incendie, mais aucune ne brûlait. Les épouses, incapables de renoncer aux objets qui leur avaient coûté tant de peines, surchargeaient les chars. Les époux jetaient à terre ce qu'ils jugeaient superflu. Des querelles éclataient. Beaucoup de femmes étaient battues. Le prêtre courait d'une maison à l'autre, remontait les faibles, calmait les violents, poussait les retardataires. Fort vieux et très éprouvé par les malheurs, il avait toujours été un homme de cœur ; ce jour-là, il fut l'envoyé de Dieu. Tête nue, les cheveux blancs tressés en natte et ramassés en chignon, la soutane retroussée, le visage embrasé par le feu de sa croyance, il arpentait la commune avec l'agilité d'un jeune et criait dans chaque cour :

- Acceptez ce que le ciel nous envoie ! Nous sommes dans la semaine de la Passion : rappelez-vous les tourments de notre Sauveur ! Je l'accepte avec vous... Je ne vous quitte pas... Je serai à la tête des béjénari sur le chemin de notre Golgotha.

Il le fut.

À midi, le convoi s'ébranla. En avant, le char du prêtre, devenu notre église ambulante. Sur le devant de sa bâche on voyait le crucifix qui avait été, pendant soixante ans, suspendu dans la chambre à coucher du prélat. Celui-ci, vêtu de sa chasuble, l'encensoir dans une main, dans l'autre la croix gemmée de l'église, donna le signal du départ en marchant à la tête de ses bœufs robustes, blancs comme la neige. Son fils unique, lequel, en venant au monde, avait coûté la vie à sa mère, la prêtresse, conduisait les bœufs au moyen d'une corde passée dans leurs cornes.

Suivant ce char sacerdotal, la troupe des béjénari pédestres, sac au dos, bâton à la main ; puis, les voitures qui contenaient les familles dont le chef était invalide, les veuves et les orphelins. Enfin, les familles moins éprouvées, ayant chacune plusieurs hommes forts dans son sein.

Tous les chars étaient couverts et chargés à craquer. Son bagage à part, chacun avait accepté quelque chose du voisin malheureux qui devait aller à pied : couvertures, vêtements, sendouks, farine de maïs. Aux piquets de chaque voiture on voyait pendus des épis de maïs sec, nourriture extrême réservée aux chiens en cas qu'il n'y eût plus rien de mieux à leur jeter en pâture. Ces pauvres bêtes, amies fidèles de l'homme - à la différence des chats qui ne pressentirent rien et demeurèrent dans les maisons vides -, furent rapides à s'émouvoir, à deviner le désastre et à suivre les maîtres. Maintenant, abrités entre les roues des chars, conscients presque du malheur, ils marchaient tristement, tête basse, la queue entre les jambes, les oreilles abasourdies par les grincements des essieux mal graissés en dépit du pot à cambouis qui oscillait ironiquement au flanc de chaque voiture.

Les cris des enfants, les sanglots des femmes, les jurons des hommes qui marchaient à pied et ramassaient les effets tombés, c'était là tout ce qui restait de la vie d'une des communes les plus florissantes, autrefois, de notre département - vie de tziganes aujourd'hui, allant en troupeau errant sur des chemins sans but. Et tout cela, par la faute d'un seul homme, d'un noble, d'un Roumain, du descendant d'un ancêtre illustre. Je me souvins des paroles prononcées à notre table par le père généreux de ce fils inhumain : « *Contre l'homme injuste, cruel et avide, il faut se révolter et l'écraser... La méchanceté n'est pas l'œuvre de Dieu* »...

Ma décision fut prise, mais j'allai quand même consulter le chef spirituel des béjénari, le vieux prêtre, auquel je rapportai ce mot du feu boïar.

Nous nous trouvions, après six heures de marche, à la première grande étape, sur les hauteurs de Calugareni qui dominent le Danube. La nuit tombait lourde, sombre, comme notre destin. Chaque voiture avait son falot allumé... Chaque âme cherchait un appui... Les chiens eux-mêmes mendiaient un regard moins courroucé. Une femme chassait le sien à coups de pied. Le malheureux animal s'écartait un peu, dans la nuit, s'arrêtait, regardait humblement, ne comprenant rien. Le prêtre vit cette scène et fut attristé, comme moi :

- Pourquoi le chasses-tu, ma fille ?

- Parce que je n'ai rien à lui donner, rien, pas même un épi de maïs !

- Mais il ne te demande pas à manger... Il veut te suivre... Auras-tu le cœur de lui refuser cette consolation ?

Devant ce reproche, la femme se mit à pleurer. Je pris le prêtre à part et lui avouai mon dessein de partir en haïdoucie :

- Je vais venger mon père, mes frères, mes sœurs... D'autres victimes encore...

- Qui seront les punis ?

- Tous ! Quels qu'ils soient : Roumains, Grecs ou Turcs, tous ceux qui sont *injustes, cruels, avides.*

Le vieillard ne me répondit rien. Il se tenait grand et droit dans la nuit noire ; ses yeux étaient fixés sur le Danube, sur son église, son village, pendant que sa longue barbe flottait au vent. Il tourna lentement la tête vers les lumières tremblotantes des falots accrochés aux chars et songea. À ce moment, des flammes surgirent à l'horizon, faibles au commencement, puis, de plus en plus étendues. Je lui touchai l'épaule :

- Regardez, père : Putineiu et Stanesti brûlent.

Il sursauta, comme réveillé, et contempla l'incendie, au milieu des clameurs qui partaient de toutes les voitures. Alors, me posant les deux mains sur les épaules, le prêtre me dit d'une voix étouffée :

- Va, mon fils, va en haïdoucie ! Et punis les méchants ! C'est vrai : *la méchanceté n'est pas l'œuvre du Seigneur.*

Je suis parti, après avoir mis ma famille en lieu sûr. Mais, en quinze ans de haïdoucie, sous les ordres de Cosma, je n'ai puni que de petits méchants. Les gros sont encore debout sur leurs jambes.

Et, nom de Dieu ! je ne veux pas mourir avant d'en abattre ma part !

Tous les haïdoucs se levèrent :

– Vive Movila ! Que Dieu t'aide pour en abattre ! Et si le Seigneur ne le veut pas, c'est nous qui t'aiderons !

Jérémie, le fils de la forêt

Dans le silence de tous, Floarea Codrilor me scruta d'un œil inquiet, mais tendre :

– *Jérémie, le fils de la forêt !* Fils de Cosma et mon fils : chez les haïdoucs, la naissance ne donne droit à aucune priorité, à aucune faveur, sauf celle d'occuper, dans la bataille, le premier rang. Tu ne joueras donc pas, ici, le rôle de *beïzadé*. Si, malgré ton jeune âge, je te compte parmi mes conseillers, cela est dû uniquement à tes aptitudes, à ton courage : c'est sur la générosité de ton sang que nous compterons dans les heures de défaillance qui nous attendent.

» Qui tu es, nous le savons tous. Dis-nous ce que tu penses, ce que tu crois.

Je me levai : un peu fier de ce qu'on m'attribuait, un peu *tzantzoche* de ce qu'on me refusait, très content de ce que j'étais.

Il est vrai que je n'étais pas beïzadé, mais j'en avais le petit ventre. L'origine aussi : Cosma avait été sultan de la tête aux pieds. Les trois choses qui faisaient Cosma font les sultans à toutes les époques, c'est-à-dire : l'allure arrogante, le nombre des femmes et l'inconscience. J'étais bien de la lignée.

Je répondis à l'invitation.

Récit de Jérémie

Vous prétendez savoir qui je suis. Vous ne savez rien du tout.

Je suis haïdouc *né*, non pas *fait*. Ma mère : la forêt. Ma vie : la liberté. Bébé de deux ans, je fus découvert par Cosma sur une route sauvage. Je ne pleurais pas, j'étais seulement étonné. Cosma m'avait mis dans sa besace et nourri avec du jus de viande et du vin. À six ans, je savais nager comme un poisson ; à onze, je lâchais mon premier coup d'arquebuse (ce qui me valut une grosse douleur à la mâchoire) ; à douze, j'affrontai la potéra et tombai en captivité.

C'est pendant ces deux années d'affreuse dépendance que la vie me fit faire son apprentissage. Oui : captif à la cour de l'archonte Samourakis, j'appris à connaître le monde. Et ce que je pensais pendant ce temps, ce que je pense encore aujourd'hui, ma foi, sûrement, ne vous fera pas beaucoup plaisir.

Tout d'abord, mon amour pour l'indépendance va jusqu'à l'ingratitude. Je n'aime devoir rien et à qui que ce soit. La vie m'a été donnée sans qu'on me demandât si je la voulais. Et si les auteurs de cette vie ont pu se réjouir de toutes mes joies, il leur a été impossible de souffrir de la moindre de mes souffrances. Quand je fus blessé, Cosma m'abandonna et se sauva. J'aurais pu être assommé, il eût continué de vivre. Il continua très bien, pendant que je me mourais chez l'archonte. Mon esclavage, pire que la mort, ne l'empêcha ni de manger comme quatre ni de vadrouiller comme un matou.

La même chose pour ma mère ; les hasards de la vie l'avaient envoyée dans la maison qui, depuis deux ans, était pour son fils un enfer, mais où elle vécut en princesse. Ils étaient cependant mes parents. J'étais leur fils. Pourquoi le *leur* et pas celui de n'importe quels autres habitants de la terre ? Parce qu'ils aimaient mieux me savoir en liberté qu'en esclavage ? Mais quel est l'être humain, digne de ce nom, qui n'aimerait mieux voir son prochain bien portant que malade ? Ou intact, plutôt qu'estropié ? C'est, je pense, la dernière des vertus qu'on puisse exiger de l'homme, et c'est tout, car, pour le reste, celui qui a la tête coupée est le seul à s'en apercevoir.

Alors, pourquoi toute cette histoire de parenté ? Je ne retrouve pas, entre fils et parents, le lien qu'il y a entre la tête et le corps. Et les autres ne sont que duperie. Ils me laissent froid. Je n'aime pas à être dupé, comme ces orphelins auxquels on donne des parents adoptifs.

Voilà pour la parenté.

Je suis tout aussi peu généreux avec la populace que vous voulez libérer, ou venger. Là encore, mon cœur ne connaît point d'élan. Il n'y a aucun lien entre moi et le troupeau humain qui bêlait à la cour de l'archonte Samourakis. Je suis haïdouc pour moi, pas pour mes semblables. Ceux-ci n'ont qu'à le devenir, s'ils ne sont pas nés haïdoucs. D'ailleurs, je me le demande : comment peut-on être haïdouc pour son prochain ? Une parole roumaine dit : *De force, on peut prendre à quelqu'un, de force on ne peut lui donner.* Et cette autre parole : *Ce n'est pas pour se rendre agréable à une vieille sourde que le curé sonnera l'angélus trente-six fois.*

À l'encontre de ce curé, sonnez, pour les sourds, tant qu'il vous plaira. Et si le cœur vous en dit, embauchez-vous, haïdoucs, à la journée chez l'homme qui a tout juste la force de se gratter la tête quand ça le démange. Vous êtes peut-être des apôtres. Moi, je n'ai nulle envie de l'être.

Toutefois, je vous prouverai qu'il ne m'a pas manqué, le désir d'aider l'homme tombé.

Quand j'ai vu qu'une année s'était écoulée et que Cosma ne donnait pas signe de vie, ne faisait rien pour me tirer de ma détention chez l'archonte, une idée folle s'est emparée de mon cerveau : semer le grain de la révolte parmi les esclaves, les soulever, attaquer la garde pendant la nuit, mettre le feu à la maison et nous sauver tous, gagner la forêt !

Je me disais : ces hommes, tout comme la dernière bête de somme, doivent préférer la vie libre à l'esclavage. Ils sont lâches, c'est connu, mais si un chef se met à leur tête et les pousse, ils marcheront. Je serai ce chef.

Ah ! Le beau rêve ! Je voyais la garde détruite ; le palais, ruines fumantes ; l'archonte à mes pieds, me suppliant de lui laisser la vie. Tout le pays, debout, devant cet exploit sans exemple. Cosma, étonné, humilié. Moi, héros à quatorze ans !

Je savais que ma vie était en jeu, mais cette vie de prisonnier, dans une cour aux murailles hautes, ne m'échauffait plus. Jour et nuit, mon esprit rumina ce plan, qui devint ma raison d'être. Enfin, au bout d'une semaine de fièvre, je me décidai à confier mon idée à deux hommes triés sur le volet. C'étaient deux camarades de l'écurie, comme moi, assez dégourdis, pas trop serviles, souvent en colère contre leur état. Je les avais en quelque estime. Ils avaient été les seuls à me plaindre de ma chute et à écouter, avides, mes histoires de brigands. Je crus les connaître.

Dès qu'ils comprirent de quoi il s'agissait, les pauvres amis pâlirent, leurs figures s'allongèrent, leurs yeux épeurés évitèrent les miens ; le plus courageux osa dire :

- Nous risquons gros... Nous serons découverts et pendus. Tu ne connais pas les gens. Ici tout le monde prie pour la santé du maître qui donne à manger, qui a le souci de tous. On ne va pas loin avec des hommes qui se disent, tous les jours : *ça va mal avec le mal, mais cela pourrait être pis sans le mal !*

Mentalité d'esclave-né... Je tombai des nues, m'enfermai dans ma cabane et me laissai emporter par le désespoir.

Le lendemain, à midi, l'archonte m'appela et, à mon grand étonnement, me fit savoir qu'il était au courant de ma tentative :

- Mon pauvre garçon ! Je te plains, mais je n'y peux rien ! conclut-il.

Cette indulgence seigneuriale, cette compassion supérieure ne firent qu'exaspérer mon mépris de la racaille humaine. Je répondis :

- Oui, j'ai voulu t'enchaîner et te traîner devant Cosma, mais cela ne peut se faire qu'avec des hommes libres, pas avec des esclaves !

Et, furieux de son calme, j'arrachai deux pistolets à une panoplie du salon où nous nous trouvions et me jetai vers la fenêtre, pour tirer dans le tas des brutes rassemblées dans la cour. L'archonte m'en empêcha en souriant :

- Que veux-tu faire ? Les épouvanter ? Pas besoin d'armes à feu. Regarde :

Je regardai. Il prit son fez, tout brodé d'or, mit au fond un petit bloc de cristal et le lança dans la fourmilière de serfs. La chute du fez au milieu de la cour produisit l'effet d'une bombe : chacun se couvrit le visage de ses mains et s'enfuit de son côté. Des cris retentirent :

– Gare à vous ! Le maître est en colère !

– Tu vois ? me dit l'archonte, caché derrière les rideaux. Ce n'est même pas avec des esclaves que tu as voulu partir en guerre contre moi, mais avec des animaux ! Ils en sont. Dans mon acte de propriété il est écrit : « vingt mille hectares de terre ; deux mille bêtes cornues ; *quatre cents serfs* ». Ça revient au même. Voilà pourquoi je te plaignais tout à l'heure : celui qui se met à la tête d'un troupeau de bêtes furieuses n'est pas un chef, c'est un vacher. Or, tu es haïdouc, et les haïdoucs sont des braves. Que le diable les emporte tous, je ne les aime pas, mais je ne peux pas ne pas les estimer ni ne pas les craindre. Comment voudrais-tu que je craigne des hommes qui s'effraient de mon fez ? Vraiment, je suis vexé de ta sottise ! Si je n'avais pas pour toi le respect qu'on doit à tout vaillant qui défie la mort, eh bien, je te jetterais en pâture à ces fauves et tu serais déchiré en un clin d'œil. Sache ceci, d'un tyran : on ne demande pas aux esclaves de se battre pour une idée ! Demande-leur de mourir de peur et ils mourront tous. C'est ce qui fait toute la puissance du sultan, du Voda et de l'archonte Samourakis. Va, maintenant, à ta cabane et attends bravement ton heure ! Elle viendra...

Je suis parti, humilié, et j'ai attendu mon heure. Elle est venue, ainsi que vous le savez, mais ce fut par la volonté des braves.

Depuis, je suis guéri du rêve qui attache le destin des hommes libres au sort des esclaves. Nous ne sommes pas faits, tous, de la même pâte. Celui qui souffre moins du joug que de la perte de sa liberté, qu'il reste enchaîné : je n'irai pas l'en tirer. La liberté demande à être défendue ; et je ne sais pas qui haïr, qui mépriser davantage, celui qui supprime la liberté et celui qui a peur de la défendre.

Je ne suis haïdouc que pour les haïdoucs !...

Un haïdouc

– Et moi, je suis haïdouc pour défendre les esclaves !

Cette réplique inattendue, partie des rangs de nos compagnons, attira les regards de ce côté. Un homme était debout :

UN HAÏDOUC

C'était notre doyen d'âge, mais personne ne l'aurait dit, car sa riche crinière, d'un noir bleu, n'avait que peu de cheveux argentés. Sa denture broyait les olives avec leurs noyaux. Sa démarche, droite, faisait trembler le sol. Il avait un passé de héros.

Aux yeux étonnés qui le fixaient, il répondait ainsi.

Réplique du haïdouc

Je voudrais répondre à ce jeune homme, si fier de son origine et qui ne veut défendre que la liberté des haïdoucs.

Pauvres esclaves ! Je plains leur sort. Ils ne trouveront donc pas même appui chez les défenseurs de tous les opprimés ? Et dire qu'ils adorent Dieu et prient pour tout le monde : pour les maîtres, qui les écrasent, pour les haïdoucs, qui les méprisent. Il est alors bien vrai que seul le cœur de l'esclave connaît la générosité, que lui seul sait pardonner !

Après toute une semaine de labeur forcené, l'esclave peut encore, le dimanche, rire, chanter, danser. Après toute une vie d'espoirs déçus sur la terre, il sait se consoler en espérant une vie meilleure dans le ciel. La rancune et la haine ne l'empoisonnent pas beaucoup ; comme le chien, un mot tendre du maître, et il oublie les coups de verges. Il oublie encore que les plaines sont possédées par les seigneurs, les forêts par les haïdoucs, et que c'est lui qui fournit aux uns et aux autres blé et chair à plaisir.

Vraiment, c'est à se demander ce qu'il leur faut de plus, aux maîtres pour devenir meilleurs, et aux haïdoucs pour savoir pardonner !

Voici un jeune fils de la forêt qui se pare du nom de haïdouc, mais qui eût pu tout aussi bien naître dans un château. Le *codrou* qui lutte jour et nuit avec les orages, avec le lierre et la carie, « le codrou, frère du Roumain » ne lui a rien appris, ni de ses luttes ni de sa fraternité, encore moins de sa générosité. Pourquoi alors être fier de cette noble naissance ? Pourquoi s'enorgueillir de cette mère esclave – qui offre, sans marchander, au persécuté comme au malfaiteur, son ombre et sa chaleur, la nourriture et l'abri sûr –, si c'est pour la couvrir de mépris et l'abandonner aux vandales ? Car la forêt, c'est la grande esclave qui vit pour créer le bonheur d'un monde ingrat : à ses multiples offrandes, les réponses ne sont que des ingratitudes, depuis l'enfant qui rompt la jeune pousse, la bête qui broute ses bourgeons, jusqu'à ses hôtes ailés qui la couvrent de fiente et au ciel qui lui envoie la foudre. Et cependant, pareille à ce troupeau humain haï par Jérémie, elle ne cesse pas un instant de lutter avec la vie hostile qui la saccage, n'arrête jamais d'adorer ce Dieu plus aimable envers les poux qu'envers la plus grandiose de ses œuvres.

C'est ainsi : alors que la ronce s'arme d'innombrables épines pour défendre son inutilité et sa misérable existence, la forêt, soumise à sa mission sur la terre, accomplit son destin ; mais pendant que la hache la frappe à la racine, son faîte chante ses derniers hymnes au soleil.

Jérémie ! Le haïdouc qui te parle maintenant est le bâtard d'une esclave, progéniture d'un fils de noble (car tu ne sais peut-être pas que les nobles sont des hommes comme nous : ils font partout).

Eh bien, je me suis refusé à servir les nobles, j'ai gagné la forêt à l'âge de dix ans, et voici cinquante ans que j'y vis. Je me suis battu sous les ordres du haïdouc Jianu, j'ai servi le grand pandour Tudor Vladimiresco pour finir par échouer dans la bande de Cosma, ton père. Tous les trois ont été des tyrans, et moi, leur esclave. Il est vrai que leur tyrannie fut noble, mais mon esclavage n'en fut pas moins dur. Qu'on soit pendu par Tudor ou par l'archonte Samourakis, on est toujours pendu. Et, vois-tu, je me suis plié, j'ai enduré fréquemment des injustices criantes. Je l'ai fait parce que c'était pour « une idée ». Je l'ai fait encore parce que... j'avais peur. Je me disais : *ça va mal avec le mal, mais ça pourrait être pis sans le mal.* N'oublie pas que je suis né d'une mère esclave et les esclaves sont lâches. Mais comment voudrais-tu qu'ils fussent braves ? Depuis des siècles ils ont la peur dans le sang, depuis des siècles on les fouette et on les pend, tantôt les Tudor, tantôt les archontes.

Tu comprends, mon petit vaillant : que ce soit plaine ou que ce soit codrou, partout il y a des maîtres qui règnent.

La nuit, lourde de brouillard, tombait mollement sur le Vallon obscur. *Dans la « Grotte aux Ours » on ne distinguait plus les visages des haïdoucs.*